KARIN SEHLHOFF
Mimi, der Paderborner Weihnachtskater

Karin Sehlhoff

Mimi, der Paderborner Weihnachtskater

24 Adventsgeschichten,
erzählt von einer Samtpfote

Bibliografische Information der Deutschen Bibliothek

Die Deutsche Bibliothek verzeichnet diese Publikation in der Deutschen Nationalbibliografie; detaillierte bibliografische Daten sind im Internet über http://dnb.ddb.de abrufbar.

Illustrationen von Karin Sehlhoff

Einbandgestaltung (unter Verwendung von Illustrationen der Autorin):
Benesch DTP, Elisabethstr. 52, 85716 Unterschleißheim
Telefon (089) 3 10 11 42
Lektorat:
Buchverlag Andrea Stangl, Salzkottener Str. 56, 33106 Paderborn
Telefon (0 52 51) 8 78 46 33

Herstellung und Verlag:
Books on Demand GmbH, Norderstedt
© Alle Rechte bei Karin Sehlhoff, Am Hüwel 1 a, 33161 Hövelhof
Telefon (0 52 57) 93 33 86

ISBN 10: 3-8334-6385-6
ISBN 13: 978-3-8334-6385-3

Inhalt

A
Das bin ich

Es war einmal ... – so fangen ziemlich viele Erzählungen an. Diese hier ist aber meine wahre Geschichte und kein Märchen, das möchte ich deutlich betonen!

Deswegen beginnt dieses Buch jetzt mit:

Ich heiße Mimi!

Man nennt mich auch schon mal *der Weihnachtskater*.

Aber wenn ich bitten darf: alles schön der Reihe nach!

Nun: Wer ich bin, möchtet ihr wissen? Da stelle ich mich mal vor!

Ich wurde als winziges, noch blindes Kätzchen gegen Ende eines schönen Junimonats auf einem richtigen Bauernhof geboren, in einem sehr kleinen Dorf ganz in der Nähe von Paderborn.

Paderborn, das ist eine Stadt, die jetzt mit mir bestimmt noch bekannter wird, davon bin ich überzeugt. Schließlich ist meine Geschichte nicht nur wahr – Pfote drauf und Ehrensache! –, sondern auch noch einmalig! Und Einmaliges spricht sich bekanntlich schnell herum.

Schon als ich noch ganz jung war, bin ich auf meinem Bauernhof weit herumgekommen. Morgens wurde es dort bereits ziemlich laut, denn da krähte der Hahn auf seinem Misthaufen los, so durchdringend, dass an Schlaf nicht mehr zu denken war.

Und weil ein Spektakel viel zu wenig für solch einen Bauernhof ist, gab es natürlich noch Spektakel Nummer zwei. Das konnte ich allerdings erst richtig würdigen, als sich meine Augen öffnen ließen. Von diesem bunten Krähtier wurden nämlich alle diese schwarz-weißen Tiere wach – heute weiß ich natürlich, dass sie *Kühe* heißen –, und die machten zusammen so lange einen ohrenbetäubenden Riesenlärm, bis endlich die nette Bauersfrau, die uns manchmal streichelte, zu der großen Melkmaschine kam.

Es gab auf dem Bauernhof natürlich noch mehr Tiere, und alle machten mächtig Krach. Zum Beispiel dieses braune Riesenfell; mehr brauche ich zu seinem Aussehen wohl nicht zu sagen. Ich verstand immer nur »Wuff«, wenn es laut auf sich aufmerksam machend in der Gegend herumlief. *Bellen* nannte meine Mama das.

Für meine empfindlichen Kätzchenohren war es zum Fürchten! Ich wusste zwar von meiner Mama, dass der Hund ziemlich friedlich war, aber ich nannte ihn damals trotzdem vorsichtshalber *den fressenden Teppich!* Denn was der verputzen konnte, das waren riesige Mengen von Futter, und ich war mir nicht so sicher, ob ich nicht irgendwann ebenfalls auf seiner Speisekarte stehen würde – und sei es nur aus Versehen …

Na, und meistens war ich nach den ersten Spaziergängen – immer schön in der Nähe von meiner Mama – erst einmal froh, dass ich mich neben meinen sechs Katzengeschwistern wieder an ihren warmen, weichen Bauch kuscheln konnte.

Meine Geschwister wollten das aber auch, und weil wir so viele waren, hatte ich mal eine Vorderpfote im Ohr, mal eine kitzelnde Schwanzspitze in der Nase – das kann man sich ja vorstellen. Und wir wurden ja auch größer! So kam es, dass wir uns ganz schön um die besten Trinkplätze an Mamas Bauch rangelten.

Das war ärgerlich, aber gar nicht so verkehrt. Denn vom Rangeln wird man kräftig!

Und mit jedem Tag wurde ich größer und stärker: Schon jetzt konnte man sehen, was für ein prächtiges Tier mal aus mir würde.

B

Auf in das erste Abenteuer

Als ich eines Morgens erwachte – wieder mal mit einer Pfote im Ohr und einer kitzelnden Schwanzspitze in der Nase –, dachte ich: So, jetzt ist Schluss! Es wird Zeit, dass ich mir ein ruhiges Plätzchen ganz für mich allein suche!

Bei dem Gedanken reckte und streckte ich mich ausgiebig.

Und wie kleine Katzenkinder so sind, dachte ich nicht lange nach, sondern tappte entschlossen los. Pfote vor Pfote, mal schneller, mal langsamer, und nach ein bisschen Gucken – natürlich auch nach solchen Ungetümen wie dem fressenden Teppich – ging es weiter, Pfote vor Pfote, erst schnell, dann langsamer, gucken – und das Ganze noch einmal und immer weiter …

Irgendwann jedoch waren meine kleinen Pfötchen müde, aber dann hatte ich ihn endlich gefunden: den ruhigsten Platz, den ich mir vorstellen konnte, groß und mit super Kratzbäumen!

»Extra für mich«, dachte ich noch, bevor ich voller Wohlgefühl und Vorfreude einschlief.

Doch als ich wieder aufwachte, war alles ganz anders!

Ich guckte mich um: Kinder kannte ich ja. Aber sooo viele auf einmal! Das hatte ich noch nie gesehen!

Ich sah große und kleinere, und ganz viele Augen guckten mich an.

»Oh, ist die niedlich!«, »So ein süßes Kätzchen!«, »Das sieht ja aus wie ein richtiger kleiner Tiger!«

Ja, ja, die hatten gleich ein paar von meinen Vorzügen entdeckt … Irgendwer sagte dann etwas von Hausaufgaben, und viel später wusste ich, dass dies in Wirklichkeit eine Schule gewesen war. Die super Kratzbäume sollten nämlich nicht für mich sein, sondern waren Klettergerüste für die Kinder!

Aber das störte mich im Moment wenig. Dazu war es hier viel zu interessant. Ich guckte mich weiter um: lauter große Schuhe standen da, die mir keinen Platz zum Weiterlaufen ließen.

So sagte ich laut und deutlich »Miauuuu« und leise noch einmal: »Miauuu!«

Das machte Eindruck – hatte ich wohl klasse miaut!

Ein Mädchen nahm mich nämlich danach ganz vorsichtig in sein flauschiges Fell – hm, ist wohl eine Jacke gewesen … Und ab ging's dann durch so viele Pfoten – Hände, meine ich natürlich!

Ich war froh, als ein Ding-Dong-Pausenende kam, so ein Zeichen zum Weglaufen für alle, die in die Schule gehen, denn die hatten es auf einmal ganz eilig! Ein anderes Kind schnappte mich dann aber und nahm mich tatsächlich einfach mit! Ich sei ja so allein. Und da sei zu Hause noch eine andere Katze, die sollte dann meine neue Mama sein und ich sollte bei dem Kind für immer bleiben – so sagte es. Und dann guckte es mir noch in mein Gesicht – ganz nah!

Ui, roch das gut!

Ich hatte plötzlich großen Durst, und da meinte das Mädchen: »Du hast ja Augen, die so funkeln wie Sterne. Und weil du noch so winzig bist, sollst du *Sternchen* heißen.«

Ich wusste nicht, was ich dazu sagen sollte, also leckte ich einfach ihre Hand, machte noch einmal »Miauuu« und wartete ab, was jetzt passierte.

Irgendwie juckte es mich auch in meinem Fell, aber das Geräusch aus meinem Bauch war mir viel wichtiger: Wo gab es hier denn nun etwas zu trinken?!

Viel Zeit, darüber nachzudenken, hatte ich nicht, denn das Mädchen rannte los, und ich hüpfte in ihren Armen auf und ab, im selben Takt wie die große Schultasche, die sie auf dem Rücken trug. Mit meinen winzigen Krallen war ich kaum in der Lage, mich in ihrer Jacke festzuhalten, aber die Neugierde auf mein neues Zuhause war viel größer als die Angst herunterzufallen.

Irgendwann waren wir da. Wieder gab es ein Ding-Dong, diesmal vor einer Tür und etwas leiser als eben.

Die Tür ging auf, und eine Frau erschien auf der Schwelle.

»Hallo! Bist du schon da? Dann komm ...« Und da sah sie mich und hatte wohl etwas an ihrem Mund. Den hielt sie sich nämlich plötzlich mit einem Schwung ihrer Hand ganz zu, und verstehen konnte ich nichts mehr außer: »*Meine Hüte!*«

Das hatte aber wohl »Du meine Güte« geheißen, wie ich mir ziemlich viel später erst denken konnte ...

Und dann wurde ich beguckt: von oben – obwohl ich überlegte, warum die so gucken musste, denn da stimmte doch alles; von unten – da war doch auch alles okay; von der rechten Seite – da war ich schön getigert; von der linken Seite – da gab es meiner Meinung nach auch nichts auszusetzen; und natürlich von hinten – da stimme ich ja zu: da war mein Schwanz noch lange nicht so lang und so groß wie der von meiner Mama ...

Auf die Idee, dass sie mit dem Gucken mal aufhören sollte und sich lieber um meinen leeren Bauch kümmern müsste, brachte ich die Frau mit einem kläglichen »Miauuu«.

Es wirkte wieder! Jedenfalls setzen sich beide in Bewegung und holten ein Schälchen her, das da wohl vorher schon gestanden hatte.

Ich überlegte, was man mit so einem Schälchen wohl anfängt – schließlich kannte ich bis jetzt ja nur die Milchzitzen aus dem Fell von meiner Mama. Aber der gute Geruch und die Farbe taten ein Übriges und kurze Zeit später schlabberte ich meine erste Milch aus einem Schälchen!

Irgendwie schien ich dabei noch immer total interessant zu sein; jedenfalls guckten mich das Mädchen und seine Mutter so von allen Seiten weiter an.

»Schmutzig ist es«, sagte die Mutter dann.

Hoffentlich kam die nicht auf die Idee, mit ihrer Zunge gleich mein Fell sauber zu lecken, wie das meine Katzenmama immer so schön machte!?

Ich guckte vorsichtig hoch. Da glückste es um mich herum: das musste wohl Menschenlachen sein. Und dabei schauten sie mich wieder so an – was war denn los?

Ich begriff ein bisschen, als das Mädchen zur Mutter sagte: »Nächstes Mal schmiere ich mir auch so einen Milchmund beim Trinken. Mal sehen, ob du dann auch noch so lachst!«

Mit meiner hochgereckten Nase stand ich jetzt da und war gespannt, was ich nun als Nächstes entdecken würde.

Da kam mir wieder dieser komische Geruch in die Nase.

Ich hatte ihn schon sofort bemerkt, als ich in dieses Haus gekommen war. So würzig, beißend und merkwürdig katzenmäßig!

Und da sah ich auch schon in zwei grüngelbe, nah beieinander stehende Augen!

Ich glaubte, ich musste mal! Wo war denn nur *meine* Katzenmama? Die da vorn guckte mich nämlich gar nicht lieb an, nein – eher, als ob ich Müllers Maus von nebenan wäre!

Der Teppich unter mir wurde bedenklich nass. Und da rief die Frau auch schon: »Igittigittigittigitt!«

Ein »Igitt« hätte für meine Begriffe auch gereicht.

Und das Mädchen guckte mich genauso komisch an, bevor es hinter seiner Mutter herlief, die hektisch weggegangen war.

Jetzt stand ich allein da – Aug in Auge mit der großen Katze. Und auch die schien irgendwie sauer auf mich zu sein – obwohl ich ihr doch gar keinen Grund dazu gegeben hatte, – oder?

Jedenfalls machte sie einen Schritt auf mich zu!

Ich für meinen Teil ging dann gleich noch einen zurück!

Wo war denn bloß ein kleines Loch für mich?! Ah, jetzt kam mir die rettende Idee: Unter das Sofa, da würde ich schon drunter passen, aber dieses dicke Katzentier hier vor mir hätte da keine Chance!

Also bin ich dann mal schleunigst losgerannt! Die Pipitropfen, die ich dabei verlor, waren mir egal. Die vermischten sich mit dem Rest Milch, der von meinem Mäulchen tropfte. Bei der Spur wussten die Menschen dann wenigstens, wo ich war, wenn sie wieder kamen!

Und es war wirklich ein gutes Gefühl, unter dem Sofa prima angekommen zu sein und zu beobachten, wie dieses dicke andere Wesen hier nicht mehr drunter passte, sondern keuchend und fauchend wirklich stekken blieb – meine Rettung!

Als das Mädchen und seine Mutter endlich mit Aufwischtüchern wiederkamen, sahen sie die Bescherung: meine Spuren bis unter das Sofa, und die Rückseite von ihrer Katze guckte sozusagen als Rest noch drunter her.

Wie sich saures Knurren von erwachsenen Artgenossen anhört, habe ich dann auch gelernt.

Trotzdem hatte die große Katze dieses Duell verloren!

Das war er, mein erster Sieg in einer Reihe erfolgreicher Treffen mit Artgleichen!

C

Ein neues Zuhause

Von da an begann eine neue Zeit für mich in diesem Haus.

So viel Vertrauen in meine eigenen Selbstschutzkräfte hatten die Menschen hier nämlich irgendwie doch nicht. Ich kam nun in eine kleine Box, denn ich musste nach deren Meinung geschützt werden vor diesem großen Katzentier, und alle machten sich Gedanken, wie es wohl weitergehen könnte.

Diese neue Situation gewonnen hat denn leider die andere Katze.

1:1! Spielstand Ende.

Die war nämlich eindeutig schon länger dort, und ich (!) sollte woanders hin! Ich kriegte wohl mit, wie alle möglichen Leute gefragt wurden, ob sie mich vielleicht haben wollten. Aber es dauerte noch eine ganze Weile, bis ich die Frau sagen hörte: »Sternchen hat demnächst ein neues Zuhause! Unsere Nachbarn haben eine Familie gefunden. Da gibt es keine großen Katzen, mit denen sich Sternchen nicht versteht. Die wollen sich auch gut um die Kleine kümmern.«

Ich hörte noch, wie das Mädchen erst weinte: »Aber ich wollte sie doch behalten!«

Die Mutter konnte sie dann aber gut beruhigen, indem sie sagte:

»Sternchen wird es dort wirklich gut haben. Vielleicht können wir den neuen Leuten ja auch sagen, dass sie mal bei uns anrufen, um zu berichten, wie es unserem Sternchen geht ...«

Und dann war es spät, spät am Abend endlich so weit: Ich durfte aus dieser Box heraus!

Den ganzen Tag vorher war ich schon so aufgeregt gewesen, wer denn wohl in meinem neuen Zuhause sein sollte. Und als es schon fast dunkel wurde, da kamen sie: ein Mann und eine Frau! Meine Neuen!

Ich stellte fest: Geruch: okay; Aussehen: so wie viele!

Jetzt nahm mich die neue Frau auf ihre Hand und wunderte sich, dass ich so klein aussah ...

Na, die sollte wissen, dass ich noch viel kleiner gewesen war!

Ich war doch schon gewachsen!

Mit einer ganz vorsichtigen, warmen Hand wurde ich jetzt abgedeckt und da fielen mir auch schon die Augen zu, so müde war ich auf einmal.

Ich hatte ein neues Frauchen, wie man so schön sagt, und auch ein Männchen ... äh, Herrchen war dabei.

Die beiden unterhielten sich darüber, dass »Sternchen« wohl nicht der geeignete Name für mich sei – nun ja, die konnten beim Schlafen ja auch meine wunderschönen Augen nicht sehen. Aber das kriegte ich nur noch so halb mit.

Und dann ging's weiter – wieder los! Dieses Mal wurde ich nicht nur getragen, sondern auch gefahren! Zum ersten Mal lernte ich ein Auto von innen kennen.

Laut war es da, und das behagte mir zunächst gar nicht – heutzutage übrigens immer noch nicht –, aber ich war so müde, dass ich mir alles gefallen ließ.

Meine Augen machte ich erst wieder auf, als ich in meinem neuen Zuhause angekommen war.

Da roch es nicht nach großem Katzentier. Nein, hier war *ich* die größte Katze! *Das* konnte mir gefallen!

Aber dann juckte es mich wieder so, und mein Bauch war auch irgendwie schon wieder leer.

Herrchen und Frauchen beugten sich über mich und betrachteten mich wohlwollend. Na ja, Herrchen jedenfalls war restlos zufrieden mit mir: »Haben wir nicht einen wunderbaren neuen Mitbewohner?«, fragte er liebevoll.

Frauchen lächelte, schaute dann aber skeptisch: »Hm, ich fürchte, wir haben noch unzählige andere Mitbewohner ebenfalls mitgebracht. Das

Tier ist voller Flöhe!« So sprach sie und zeigte dabei auf diese schwarzen Minilebewesen in meinem Fell.

Das sei auch der Grund, warum ich mich immer so kratzen müsse. Und gleich Morgen früh sei es höchste Zeit, dass wir zu einem Doktor gingen!

Na, da war ich ja gespannt, was der zu mir sagen würde!

Die Nacht durfte ich in einem schön gepolsterten Karton verbringen und zunächst wunderbar schlafen. Aber meine Katzengeschwister und vor allem meine Mama fehlten mir dann doch, so dass ich mit lautem Miauen immer häufiger nach ihnen rief.

Da kam dann Frauchen herbei – aber die war bei aller kleinen Liebe, die ich schon für sie hatte, gar nicht so warm, wie meine Geschwister und meine Mama es für mich sein konnten …

Trotzdem. Ich merkte: die meinte es gut mit mir, denn die nahm mich immer wieder schön hoch, leckte – äh, putzte – mir den Popo ab und kümmerte sich prima um mich.

Als der Morgen begann, hatte ich auch schon wieder länger geschlafen – zumal es hier keine krähenden Tiere gab. Das war schon herrlich!

Was ich davon halten sollte, dass ich heute zum Doktor – oder genauer: zum Tierarzt – sollte, das wusste ich dann irgendwie aber doch nicht mehr so ganz genau an diesem Morgen. Erst einmal interessierte mich viel mehr das braune Zeug, das da auf dem Schälchen vor mir lag! Es roch nicht wie Milch, es sah nicht aus wie Milch, aber es zog mich unwiderstehlich an!

Mein Magen meldete mir großen Hunger, und so tappelte ich zu dem besagten Schälchen, das sogar größer war als ich!

Die Geruchsprobe ergab: prima!

Also legte ich los und sperrte mein Mäulchen so weit auf, dass so viel wie möglich hineinging. Wer wusste denn, wie lange diese Köstlichkeit hier stehen blieb?!

Und da hörte ich es wieder: dieses Glucksen, das die Menschen von sich geben, wenn sie sich freuen. Mein Frauchen und auch das Herrchen waren offensichtlich begeistert, wie ich nun fressen konnte!

Also zeigte ich es ihnen noch mehr. Ich schlabberte, wedelte den Rest, der noch an meinem Mäulchen hing, großzügig um mich herum, indem ich meinen Kopf mal zum Schütteln brachte.

Und das hatte eine klasse Wirkung: viele braune Sprenkel auf rotem Fußboden! Wenn ich so weiter machte, könnte man meinen, alles würde erdbraun und ich wäre wieder draußen auf dem Landboden auf meinem Bauernhof!

Aber irgendwie wurde das Schälchen dabei viel zu schnell leer.

Dafür war mein Bauch plötzlich so rund. Wie kam denn das? Wer hatte denn den aufgepustet?!

Der glucкste aber trotzdem noch gar nicht, wie wenn ich bei meiner Katzenmama Milch getrunken hatte!

Und wo war denn hier überhaupt etwas zum Trinken? Ach, da war noch Wasser! Das war dann auch okay, so durstig, wie ich mich jetzt fühlte. Und danach glucкste es auch in meinem Bauch wieder!

Ja, so war die Welt meiner Meinung nach in allerbester Kätzchenordnung! Hm, jetzt brauchte ich nur noch eine große Zunge, die mir meinen Kugelbauch leckte ...

Aber diese großen Menschen dachten offenbar gar nicht daran.

Der Mann leckte nämlich nur der Frau über den Mund und nicht mir über meinen Bauch!

Ach so – die Frau sagte auch »Tschüss« –, das war wohl ein Menschenverabschiedungskuss, wenn einer einen mag ... Aber auch ich wurde anschließend noch liebevoll verabschiedet.

Zurück blieben nun mein neues Frauchen und ich mit meinem Kugelbauch. Frauchen hatte dann allerdings auf einmal so ein großes weißes Tuch in der Hand, und mit dem wurde ich jetzt sorgfältig abgeputzt!

Sauberes Mäulchen! Und mein Rest?! Der fand nicht so die Beachtung.

Dafür umso mehr der Fußboden! Den bearbeitete Frauchen nun nämlich! Ja, und so tappelte ich schon einmal weiter, bis –

»Halt!«, rief Frauchen.

Denn ich hatte mir wohl Futter unter meinen Kugelbauch geschmiert, und das zwischen den Pfoten hatte Frauchen ebenfalls bemerkt.

Keine Chance für mich – es wären ja auch nette Verstecke für den Nachtisch gewesen; die hatte sie aber leider eher entdeckt als ich selbst.

Und den Fußboden machte sie auch wieder ganz rot! Eigentlich schade. Denn ich hatte da als Katzenwesen durchaus eine etwas andere Meinung, wie man sich vielleicht denken kann …

D
Beim Tierarzt

Nun ja, nachdem der Boden bei mir also wieder eindeutig rötlich aussah, ging es weiter. Jetzt nahm Frauchen mich jedenfalls mit ihrer großen Pfote ... äh, Hand, und tat mich in so ein Riesenplastikhaus, wie ich es schon von den Menschen von vorher kannte, als die mich vor der großen Katze geschützt hatten. Eine Box, damit ich schön zum Tierarzt käme – Tür zu!

Aber diese Box, so fand ich, die roch so komisch – gar nicht nach mir! Und weil mein Bauch so voll war, musste ich jetzt einfach mal!

Daran hatte mein neues Frauchen aber auch gedacht: in der Box lag nämlich schon ein dickes Tuch – vorher trocken, jetzt: schön nass!

Dafür roch es nun aber auch nach mir!

Nur – dass es hier drin so eng sein musste! Nein, ich wollte jetzt erst einmal wieder raus!

Aber zunächst musste ich noch mit dem Auto gefahren werden. Lieb, dass das Frauchen mich dabei beruhigen wollte.

Allerdings wusste ich: auch große Tiger brüllen – nicht nur bei Angst, sondern schon, wenn etwas merkwürdig ist – das hatte mir meine Katzenmama gesagt. Und weil ich ja schon groß sein wollte, brüllte auch ich jetzt erst einmal drauf los – so laut und fest ich konnte: »Miauuu!«

Und tatsächlich: Irgendwann hielten wir an, Frauchen stieg aus und nahm mich – noch immer in der Box – mit in einen großen Raum.

Aber was war denn hier los?! Also, ich musste feststellen, dass ich doch ein total mutiges Wesen bin!

So beguckte ich mir die Tiere, die hier genauso warteten wie ich.

Frauchen hatte mich aus der Box genommen, und ich kuschelte mich an sie. Dann wurden wir aufgerufen, und Frauchen und ich gingen in ein anderes Zimmer.

Hier roch es aber komisch! Ich dachte, ich hätte immer noch etwas Futter von vorhin in der Nase, deswegen nieste ich erst einmal ganz kräftig!

Aber im Gegenteil: mein Riechorgan meldete jetzt einen ganz ekeligen, beißenden Geruch!

Hier wollte ich wohl nicht bleiben!

Aber dann besann ich mich eines Besseren. Die sollten mal sehen, was für ein mutiges Exemplar von Kätzchen die hier hatten!

Und so schaute ich mich um und schnupperte.

Der Mann da vorn, der sich uns jetzt zuwandte, der roch auch ganz merkwürdig.

Und nun kam wieder, was ich ja schon kannte: Die guckten mich ihrerseits wieder alle ganz genau rundherum an! Ich war stolz, weil sie wohl merkten, wie schön ich aussah!

Deswegen stellte ich mich, so gut wie ich konnte, auf meine zwar noch etwas kurzen, aber starken Stoppelbeinchen und reckte mich zu wahrer Größe!

Dass ich ein ausnehmend schönes Tier sei, Europäisch Kurzhaar, Bauernhofkatze eben – das bestätigte sogar dieser Mann in Weiß.

Mussten wir *deswegen* hierher fahren? Das hätte ich doch auch meinem Frauchen selbst zeigen können, wenn die mich mal vielleicht noch etwas genauer angesehen hätte!

Und ich würde einen so selbstbewussten Eindruck machen, sagte der Doktor, so etwas habe er in seiner langen Praxiszeit noch nicht gesehen. Eine richtige Persönlichkeit sei ich!

So sprach der Gute.

Das klang in meinen Ohren wieder wunderbar, noch dazu aus offenbar so berufenem Munde – das war schon fein! Aber dass ich Flöhe im Pelz hätte, das hatte doch auch schon einmal jemand festgestellt. Das war doch wieder nichts Neues!

Aber – offenbar doch, denn der Tierarzt murmelte etwas von »gar nicht so einfach« und »wollen mal sehen, ob das in dem Alter und mit den Flöhen wohl überlebt, so ein kleines *Mimichen* …«

Höchstens vier bis fünf Wochen alt sei ich, meinte er dann noch.

Das wusste ich doch selbst! Nun ja, wenn's das gewesen sein sollte … War es aber leider nicht! Jetzt müsse mich nämlich, so meinte der Tierarzt, mein Frauchen mal gut festhalten, denn nun gebe es eine Spritze.

Abenteuer pur, sage ich dazu nur!

Wahrscheinlich kannte meine Katzenmama keine Spritze, jedenfalls hatte sie mir *davon* nichts erzählt!

Mutig, wie ich war, blieb ich, an die warme Schulter bei meinem Frauchen gedrückt, sitzen – bis ich diesen starken Piek spürte! Der weckte dann aber den Tiger in mir!

Ich spürte, wie ich stark wurde, wie sich alle meine Haare aufstellten und wie ich laut »Miauuuu!« schrie und ich meine Krallen ausfahren konnte! Was bildeten die sich ein?!

Und wenn's dreimal richtig war, was die taten – *inken* oder *impfen* sollte das sein, damit ich aufgepäppelt wurde –, ich wusste jetzt endgültig, dass ich lieber einfach nur stark sein wollte – auch ohne diese Prozedur! Das brauchte doch hier wirklich nicht zu sein!

Musste es aber wohl trotzdem, wie ich später feststellte.

Und ich hatte noch etwas zu lernen: diese schwarzen Flöhe sollten verschwinden, damit ich wirklich wieder zu Kräften kam! Und dafür gab's vom Tierarzt Shampoo und Sprühzeugs für zu Hause.

Als ich mich ein wenig erholt hatte, freute ich mich schon mal auf diese neuen Sachen und war gespannt, was es damit auf sich hatte.

Na, da sollte ich aber eine Überraschung erleben!

E

Sauber macht lustig!

Als wir wieder zu Hause waren, musste ich erst einmal dringend schlafen, so geschafft war ich.

Und als ich aufwachte – oh, wie katzenwohl –, gab's wieder etwas zu futtern!

Der Boden sah nach dem Fressen natürlich wieder genau so aus wie vorhin – lustig gesprenkelt! Ist ja auch schließlich kein Wunder: Wenn Futter in meine empfindliche rosa Nase kommt, soll ich das denn da drin lassen, oder ist es nicht besser, dass ich mal einmal kräftig niese und daraus so ein schönes Muster auf dem Fußboden wird?

Es ergab sich jedenfalls genau die gleiche Geschichte wie heute morgen. Und das Bächlein von mir kam auch, aber – was war denn das?! Mitten im Pipimachen wurde ich jetzt hochgenommen!

Prima, dachte ich mir, denn von hier oben aus der Luft konnte ich noch viel besser spritzen! Aber so war das wohl von meinem Frauchen doch nicht gemeint. Sie setzte mich nämlich in eine neue Kiste mit so komischen Körnchen drin. Die kitzelten unter meinen Pfötchen!

Ich machte mein Bächlein zu Ende und wollte dann in den Körnchen spielen. Und, was soll ich sagen? Das durfte ich sogar! Also kratzte und buddelte ich so fest, wie ich das schon schaffte.

Und dann kam es: Mein Frauchen meinte, wir sollten jetzt mal »baden« gehen! Davon hatte mir Mama auch nichts erzählt. Kannte sie das wohl ebenfalls nicht?

Und hinterher wusste ich: sie konnte es nicht kennen, denn sonst hätte sie mir bestimmt gesagt, wie schrecklich dieses viele Wasser und dieser Schaum da sein können!

Ich kam nämlich tatsächlich in so ein Riesenschälchen! Wenn ich da mal Futter drin gehabt hätte – das wäre wohl prima gewesen. Schlaraffenland für Katzen! Aber nein, es war ein Waschbecken – und ich *selbst* musste dort rein!

Mein Frauchen machte dann den Wasserkräherhaken an – den Wasserhahn meine ich natürlich –, und aus meinem schönen, meiner Meinung nach gut riechenden Fell wurde ein nasses Wuschelzeugs, das man bald gar nicht mehr als mein eigenes Fell erkennen konnte.

Zu meinem Entsetzen stieg das Wasser im Waschbecken allmählich an, und ich wurde so lange gedreht und gewendet, bis ich rundherum komplett nass war!

Und dann kam das Shampoo. Ich muss sagen: vom Geruch her war der Misthaufen das köstlichste Erlebnis dagegen! Überall hin – nur mit der Nase hatte mein Frauchen zum Glück Erbarmen – wurde die weiße, schäumende Masse auf mir verteilt! Hoffentlich hatte das gleich ein Ende!

Selbst die anschließende Massage konnte ich dabei nicht genießen. Und dann musste dieses Zeug auch noch komplett wieder mit Wasser abgespült werden!

Also – für ein Katzentier ist das wirklich nicht empfehlenswert, und ich hätte im Nachhinein auch locker darauf verzichten können!

Aber es ging weiter mit Trocknen, Pusten und Lecken – ich meine natürlich Wind, Fönen und Bürsten – und zwar ohne Aufhören so lange, bis ich wirklich trocken aussah!

Endlich war auch das geschafft und ich ebenfalls!

Mein Geruch war jetzt ganz komisch. Ich glaubte, ich würde mal wieder schlafen müssen. Das durfte ich dann auch, und mein Frauchen war weiter beschäftigt mit Sprühen und Saubermachen.

Und dann war da noch so eine entscheidende Begebenheit:

Ich hieß nämlich ab sofort auch nicht mehr Sternchen, sondern wurde *Mimichen* genannt. Weil doch der Tierdoktor mich so angesprochen hatte – weil ich sooo süß war und sooo klein!

Na ja, mir sollte es zunächst recht sein.

Nur: Ich selber wusste, dass ich mal ein großer starker Kater werden wollte! Da wäre es eigentlich besser gewesen, wenn die mich *Herkules* oder so genannt hätten.

Nun ja, Hauptsache, ich konnte mich erst einmal darauf verlassen, dass es regelmäßig Futter und Trinken gab und ich auch sonst so schön umsorgt und gepflegt wurde.

Sorgen brauchte ich mir da nicht zu machen: alles, was ich brauchte, forderte ich mit meinem schönen »Miauuu«, und Frauchen hörte auch schon ganz gut darauf – die lernte prima!

Ich meinerseits erholte mich vom anstrengenden Lernen ziemlich gut auf ihrem Schoß oder auf dem Schoß von Herrchen – abends, wenn der nach Hause kam.

Ich reckte mich und wartete, bis die mich an der richtigen Stelle kraulten. Und damit sie wussten, wo es gut war, schnurrte ich auch mal.

Das war richtig klasse, wie denen mein Schnurren gefiel!

Aber immer schnurren tat ich auch nicht! Die strengten sich sonst vielleicht nicht mehr so an, es mir recht zu machen.

Nun ja, man hat da so seine Tricks …

So verging die erste Zeit im Haus vom neuen Frauchen und Herrchen.

Ich musste diese Prozedur mit dem Gewaschenwerden allerdings noch einige Male über mich ergehen lassen.

Aber hinterher bekam ich dann auch immer eine Belohnung:
ein extragroßes Schälchen mit Futter!

Als ich diesen Zusammenhang entdeckt hatte, da ließ sich das Ganze für mich dann schon viel besser aushalten …

F
Spielspaß für die ganze Familie

Am allerbesten aber fand ich das Spielen.

Ich war ja erst ein paar Tage in diesem neuen Haus.

Draußen – das hatte ich wohl mitgekriegt – war es für mich ein wenig zu gefährlich mit den vielen Autos, so dass ich nicht einfach raus konnte und deswegen Abwechslung auch hier drinnen bekommen sollte.

Was mir dabei besonders gefiel, war das Verstecken! Ich hatte ja meinen Beobachtungsplatz in der Küche, so einen kleinen Katzenkratzbaum, auf dem ich sitzen durfte, wenn Herrchen und Frauchen aßen. Nur: dies war schon ziemlich uninteressant für mich!

Also kletterte ich in schöner Regelmäßigkeit fein wieder herunter und setzte mich lieber so lange laut miauend zu den Schuhen von Herrchen oder Frauchen, bis sich etwas nach meinem Sinn tat! Dazu knabberte auch schon mal an besagten Schuhen herum, oder – und das war das Beste – ich erkundete mal, wie es *in* dem Hosenbein so aussah …

Also: auf die Schuhe raufklettern, mit meinen kleinen Krallen schön am Bein festhalten, und ab ging es, hinauf in den Tunnel des Hosenbeinlings!

Ich weiß gar nicht, warum dieses Spielchen immer sofort beendet wurde!

Die Menschen konnten doch so herrlich aufjuchzen und schreien …

Das Spielchen ließ sich aber zu meinem größten Vergnügen immer wieder fein wiederholen.

Natürlich bin ich auch kreativ veranlagt, und so dachte ich mir schon mal etwas Neues aus. Eine Geschichte davon ist ebenfalls ganz nett – die erzähle ich mal beispielhaft, aber leider war sie nur einmalig lustig …

Und zwar hatte ich ja gerade von der Küche berichtet und vom Verstecken! Unter den Schränken, wo die köstlichen Leckereien für mich drin waren, da gab es eine Kante. Damit die großen Füße der Menschen genug Platz hatten, war die Kante auch ein bisschen weiter nach innen gesetzt und ließ mir genügend Platz, mal die Nase zwischen diese Kante und die darüber liegenden Unterschränke zu stecken.

Und das brachte mich irgendwann auf folgende Idee: Wenn ich mich anstrengte, könnte ich vielleicht ja *über* diese Kante und damit *unter* die Schränke von der Küche klettern?

Gedacht, getan! Und plumps, fiel ich auf der anderen Seite der Kante wieder herunter, mitten unter den Spülenschrank!

War das hier interessant! Ich machte mich lang, wetzte von dem einen Ende unter dem Schrank bis zum anderen, aber so richtig etwas zu fressen konnte ich leider nicht entdecken. Na ja, hatte ich in diesem Punkt eben halt Pech gehabt.

Ansonsten aber war es hier im Halbdunkeln richtig abenteuerlich!

Nur die Menschen, die haben dann vielleicht ein Theater aufgeführt: Ich sei ja verschwunden, ja, wirklich, unter den Schrank – ja, und wenn ich da nicht allein wieder herauskäme und wenn die jetzt die Küche abbauen müssten, weil ich doch über die Kante bestimmt nicht wieder zurückklettern könnte …

So ging das eine ganze Weile.

Ich habe mir dann auch so meine Gedanken gemacht: Die hatten ja richtig Sorge – die hatten ja wirklich *Angst* um mich!

Das hatte ich aber schon ganz fein geschafft, dass sich alles um mich drehte!

Na ja, vielleicht erst einmal *fast* alles.

Und ich genoss mit diesen Gedanken die Aufregung um mich noch ein bisschen.

Nach einer Weile wurde mir dann aber doch so langsam langweilig, und ich guckte mal wieder über die Kante in die Küche zurück.

Hatte ich damit aber etwas ausgelöst!

»Ich hab sie gesehen – sie ist daaa! Wir müssen ihr helfen – komm, wir bauen die Kante ab, dann kann unser armes Mimichen doch wieder heraus …« So übertrafen sich sie sich gegenseitig in ihrer Aufregung.

Ich selbst hatte es zwar nicht ganz so eilig mit dem Herauskommen, weil es hier so schön dunkel und interessant war, aber da hatte mein Herrchen auch schon ein Stück von der Kante unter den Küchenschränken abmontiert!

Wie glücklich waren Frauchen und Herrchen, als ich, stolz auf mein Abenteuer, wieder langsam und schön aufgerichtet unter meinem Versteck hervorkam! Da tat ich ihnen den Gefallen und ging in die aufgehaltenen Hände und ließ mich streicheln und mir ein Leckerchen geben und genoss in vollen Zügen, wie sie sich um mich kümmerten. Das war schon mal wirklich gut!

Weniger gut war allerdings die Sache, die auf mein Versteckspiel unter den Küchenschränken folgte: Alle Öffnungen dort wurden nämlich genau so lange abgeklebt, wie ich klein genug war, um hindurch und darunter zu passen!

Bei dem guten Futter und der Wohlfühlatmosphäre in dieser Umgebung wuchs ich aber natürlich auch – in diesem Fall leider (!) – viel zu schnell, und irgendwann erkannte ich, dass die Klebestreifen zwar weg waren, ich aber an ein Durchpassen nicht mehr zu denken brauchte. Mein Bauch war nämlich schon ordentlich dicker geworden! Und über mein hinteres Katzenkörperteil muss ich hier ja nichts weiter sagen …

Nun – das Verstecken würde ich also wohl oder übel woanders fortsetzen. Ideen hatte ich ja genug!

Zum Beispiel schnappte ich mir irgendeine schöne Sache, etwa eine Kleinigkeit Käse, vom Tisch – natürlich nur, wenn Herrchen und Frauchen gerade Tisch-Leerräumen in den kühlen Schrank spielten, der leider viel zu hoch für mich war … Da half ich doch auf meine Art gerne mit beim Abdecken!

Und dann ging's los: Käse im Mäulchen, runter von der Eckbank, raus aus der Küche und vorher genau geguckt, welcher Fluchtweg besser war:

der durch die Tür ins Wohnzimmer oder der durch die andere auf den Flur?! Normalerweise wählte ich die Flucht ins Wohnzimmer. Hier war ich nämlich regelmäßig der große kleine Gewinner, und zwar so lange, wie ich noch schlank genug war, um unter eins der beiden Sofas zu passen!

Das war klasse, denn da bekam ich erst mal Ruhe – bis, ja bis mein Frauchen, das in solchen Fällen oft hinter mir herlief, die ganze Couch angehoben hatte! Da war ich aber meistens schon längst fertig mit Käsefressen oder dem, was ich sonst gerade Gutes erwischt hatte. Und Spaß machte mir die ganze Sache natürlich obendrein!

Frauchen hat mir dann immer noch mal erklärt, warum ich das nicht tun sollte. Die hat sich richtig angestrengt mit ihrem Nein-Sagen und Erklären!

Ich hab dann ab und zu mal so getan, als ob ich jetzt wüsste, dass ich etwas nicht machen sollte. Und Frauchen freute sich: ich hätte etwas gelernt – ja, ich könnte ja schon ein bisschen *hören!*

Nun, ich hab sie ab und zu in diesem Glauben gelassen – weil ich danach immer noch mindestens ein Leckerchen zusätzlich bekam …

Hmmmm!

G

Guck mal, wo ich bin!

Ich hatte da so etwas Weißes entdeckt – *Gardine* nannten die Menschen das. Da passten doch meine Minikrallen so optimal in diese Minilöcher hinein, dass ich hier der größte Tiger werden konnte!

Ich musste nur hoch genug klettern, dann war ich sogar größer als alle Menschen! Das fand ich klasse!

Besonders mein Frauchen hatte aber wohl etwas dagegen. Die fischte mich nämlich regelmäßig wieder herunter!

Und eines Tages hatte Frauchen auch noch eine sehr merkwürdige Idee: Sie nahm auf einmal so ein großes Teil, das immer neben der leckersten Blume auf der Fensterbank stand.

Hielt sie mich für eine Blume, wenn ich hier oben in der Gardine turnte?! Meine Katzenmutter wäre superstolz gewesen, wenn sie mich hier so weit hoch oben gesehen hätte: was ich wohl schon alles könnte – das hätte die bestimmt gebührend bewundert!

Nicht so Frauchen: Die hielt das Ding mit dem Wasser drin nämlich genau in meine Richtung und guckte dann zwar weg, als sie auf den Hebel drückte – wahrscheinlich bildete sie sich ein, dass ich nicht erkennen würde, dass sie es war –, nur: ich als Blitzmerker hatte schon genau im Blick, dass es hier gleich kritisch würde!

Nun ja, ich tat dann trotzdem mal so, als ob ich lustig weiter turnte …

Aber dann geschah es: da kam doch aus diesem Blumengießding ein Wasserstrahl direkt auf mich zu! Igittigittigitt!!!

Ich turnte in Windeseile von meinem schönen Aussichtspunkt wieder herunter.

Schade, denn ich war doch gerade so schön hoch gekommen! Aber es half erst mal nichts. Ich war ganz schön erschrocken!

Allerdings: ich wäre kein starker Kater, wenn ich so schnell aufgeben würde!

Zuerst ließ ich mich mal von Frauchen trösten. Sie hatte nämlich ein richtig schlechtes Gewissen, weil sie mich mit der Blumenspritze so in Panik versetzt hatte.

Ich ließ sie natürlich in diesem Glauben.

Vielleicht wollte sie mir auf ihre Art auch nur deutlich machen, dass die Gardine doch nicht so optimal für mich zum Turnen war. Aber wie gesagt: davon habe ich mich doch nicht zurückhalten, geschweige denn einschüchtern lassen.

Und sobald keine Spritzmöglichkeit für Frauchen mehr in der Nähe war, habe ich bei nächster Gelegenheit alle Kraft wieder zusammengenommen und bin natürlich noch einmal hoch geklettert.

Abgewartet habe ich dann, wie schnell Frauchen aus dem Sofa reagierte. Das war auch eine tolle Sache, denn die konnte ich dadurch richtig trainieren: Frauchen wurde mit jedem Tag schneller, bis sie die Spritze wieder hatte und ich den Wasserstrahl abkriegte – aber ich wurde natürlich auch schneller mit Herunterklettern!

Und was tat ich jetzt neuerdings nach eben diesem Herunterklettern? Mich belohnen! Inzwischen weiß ich, dass ich das genau richtig gemacht habe, denn: hat jemand etwas prima geschafft, so darf er dafür eine Belohnung erhalten!

Und ich machte mich deswegen auf den Weg, schnellstens über den Flur, hin zu meinem Futterschälchen – oder Fressnapf, wie das auf einmal hieß – und genehmigte mir eine ordentliche Portion auf meinen Gesamtsieg!

Das machte ich auch eine ganze Weile so: Spielchen gestartet, Kletterei abgebrochen und Belohnung genossen …

Eine ganze Weile – aber dann hatte leider auch mein Frauchen den Bogen raus, und es trat ein, womit ich dann doch nicht gerechnet hatte: Frauchen nahm mir doch tatsächlich den vollen Futternapf weg, und stattdessen gab es jetzt nur noch zu drei oder vier bestimmten Zeiten

Futter! Sie meinte nämlich, dass ich wahrscheinlich deswegen besonders gern in der Gardine herumgeklettert sei, weil ich mich daraufhin ja immer selbst mit dem leckeren Futter belohnt hätte!

Nun, vielleicht war da ja auch etwas dran ...

Aber fürs Erste waren die feinen Belohnungsmomente mit dem Futter nicht mehr da. Und das war mehr als schade!

Ich war also abermals gezwungen, mir etwas Neues auszudenken. Und nach ein bisschen Probieren hatte ich dann auch noch eine richtig gute Idee!

Ich schlich mich leise, langsam und vorsichtig – so ganz nach Katzenart und so gut ich schon konnte – an Frauchen heran und dann: pfitsch, bekam sie einen ganz leichten Pfotenstüber von mir, und danach fing das Spielchen erst richtig an. Ich lief natürlich weg, und zwar immer genau so, dass Frauchen das Gefühl haben konnte, dass sie mich gleich kriegen würde. Und weiter lief ich! Ich trainierte wie einer, der der Stärkste und Schnellste werden will!

Leider kam es dann aber doch immer mal wieder, oder – ich gestehe es – meistens vor, dass mich mein Frauchen einholte, mitnahm und dabei mit einem lauten, klaren »Nein!« erzieherisch auf mich einzuwirken versuchte.

Ich kann nur sagen: manchmal ließ ich sie auch weiter großzügig in dem Glauben, ich hätte verstanden. Aber in Wirklichkeit genoss ich es, mich mit Frauchen, nachdem ich sie so herrlich auf die Palme gebracht hatte, wieder zu vertragen und mich anschließend schnurrend in ihre Arme zu kuscheln, während ich schon überlegte, was ich als Nächstes anstellen könnte ...

H

Die Sache mit meinem Namen

So verging die Zeit, und ich wurde immer größer und natürlich auch schöner – das ist ja klar.

Und ich forderte mir meine eigenen Plätzchen im Haus ein, machte hübsche Augen und siehe da: Sogar den Vater von meinem Herrchen konnte ich sozusagen um meine Pfote wickeln! Der baute doch tatsächlich für mich so einen richtig großen Katzenkratzbaum, und Frauchen hat mit Herrchen dann noch ein wunderbares Fell über die Liegeflächen gezogen und eine Baumelseilschnur daran aufgehängt und ein dickes Kissen in die Höhle unten genäht! Ach, man hätte meinen können, ich sei der Mittelpunkt des Universums, so haben die sich angestrengt!

Sieg für mich nach Punkten, kann ich wirklich nur sagen!

Ich habe mir das Kissen dann allerdings aus dieser unteren Kratzbaumhöhle wieder herausgeholt und mich draußen draufgelegt.

Da bekommt man doch viel mehr mit! Denn ich ziehe es vor, möglichst nicht nur am Geschehen teil zu nehmen, sondern es aktiv mit zu beeinflussen!

Das macht entschieden mehr Spaß!

Und ich kann mir anschließend zufrieden den Bauch lecken, wenn ich mal wieder einen erfolgreichen Tagesabschnitt hinter mich gebracht habe – sprich: wenn alles zu *meiner* Zufriedenheit gelaufen ist!

Sind Frauchen und Herrchen dann auch noch in dem Glauben, sie hätten alles mit mir ebenfalls gut gemacht, oder sogar, dass *ich* gemacht hätte, was *sie* wollten, dann habe ich die sogar in einem Streich auch noch zufrieden gestellt … Und sie lassen mich nicht nur in Ruhe, sondern erklären zudem, wie viel ich schon gelernt hätte und wie weit ich doch in meiner Entwicklung sei! Das hat dann klasseweise zur Folge, dass die mich natürlich auch belohnen wollen, zum Beispiel mit Kraulen – und das dürfen sie dann auch, aber eben nur so lange, wie ich das ebenfalls möchte. Schließlich sollen sie ja nicht meinen, ich ließe mich um *ihren* Finger wickeln!

Großzügig kann ich *sie* ja in diesem Glauben lassen. Das nennt man dann »guten Kater« – äh, »guten Charakter«.

Apropos – das mit dem Katersein war dann auch noch so eine Sache! Da hatte doch dieser Mensch von Tierarzt meinem Frauchen den Floh – sprich Spruch – ins Ohr gesetzt, ich sei ein kleines *Mimichen!* Und wer weiß, es sei ja auch noch gar nicht so sicher, ob ich wohl überleben würde …

Na, denen habe ich ja nun mal das Gegenteil bewiesen!

Aber ich musste mit Bedauern feststellen, dass sie etwas schwer von Begriff waren. Und das kam so:

Kleines »Mimichen« – das kann wohl ein kleines Kätzchen sein. Okay. Aber ich war ja nicht lange ein Winzling – nein, um genau zu sein, war ich nur alleräußerst kurze Zeit klein!

Und irgendwann ging mir dieses *Mimichen* gehörig auf die Nerven! Ich war ja gar nicht mehr klein! Lautstark unterstrich ich dies immer wieder mit einem deutlichen »Miauuuu«! Das half zwar nicht wirklich, aber in den entscheidenden Situationen eines Katzenlebens in menschlicher Gesellschaft kann man auch auf solche Art etwas Einfluss nehmen.

Also setzte ich regelmäßig bei dem Namen »Mimichen« mein Stimmorgan ein – so gut ich konnte!

Irgendwann hatten es dann endlich auch Herrchen und Frauchen begriffen.

Nur wiiie?!

Denn es sollte noch schlimmer kommen: Sie nannten mich, ja, *mich* jetzt MIMI!!! Ein absoluter Frauenname!

Ja, waren die denn von allen guten Mäusen verlassen?! Konnten die wirklich nicht erkennen, dass ich ein Pfundskerl von Haus-*Kater* war?

Ich setzte also alle meine Hoffnung auf diesen Tierdoktor, zu dem ich kurz darauf wieder mal verschleppt wurde.

Diesmal sollte es um meine weitere Gesunderhaltung gehen. Na ja, ich war gewappnet!

Meine Krallen hatte ich ja gut entwickelt und ich dachte, dass sich die ganze Sache schon insofern lohnen würde, als dieser Mann ja anscheinend besonders viel wusste. Dem sollte es jetzt wohl nicht weiter schwer fallen, meine gut entwickelte Katerlichkeit zu erkennen. Eine Kätzin war ich ja beikatzenleibe nicht!

Aber: denkste! Dieser Mensch war trotzdem nicht in der Lage, eindeutig zu sagen, ob ich Katze – wie lachhaft – oder Kater sei!

Ich hatte also die ganze Impferei vor dieser schlappen Aussage wieder umsonst so tapfer über mich ergehen lassen!

Also, ich muss gestehen: ich war angesichts dieses offensichtlichen Nichterkennens der Menschen froh, ein Kater zu sein!

Aber: eben nicht offiziell bestätigt!

Es hat noch eine ganze Weile gedauert, bis die Welt wieder halbwegs in Ordnung war – als irgendwann der tolle Tierarzt *doch* auf die Idee kam, auch mal in Betracht zu ziehen, dass ich ja vielleicht ein Kater sein könnte.

So ein Blitzmerker, habe ich noch gedacht.

Als ich dann aber das entgeisterte Gesicht von Frauchen sah, maunzte ich nachsichtig in mich hinein und verzieh ihr großmütig ihre bisherige Unkenntnis. Ich war sogar damit einverstanden, dass es bei diesem Namen blieb. Schließlich sind wir so nebenbei auch gewohnheitsliebende Tiere, wir Kater.

Wie es allerdings zu meinem Beinamen *Mimi, der Weihnachtskater* kam, muss ich euch auch noch erzählen. Schließlich macht mich dies endgültig einzigartig auf der Welt, und es ist tatsächlich genau so geschehen – so wahr ich ein Katergedächtnis habe!

36

I

Vorfreude auf den Advent

Ich bin ein neugieriger Kater. Wo etwas los ist, bin ich sofort dabei. Und so bekam ich natürlich umgehend mit, dass die Menschen in meiner Umgebung sich auf etwas freuten.

Also lief ich überall hinterher und machte ein ganz interessiertes Gesicht, wie nur ich es machen kann.

Da erzählte mir eines Abends mein Frauchen, dass morgen der erste Advent sei; wir warteten alle auf das Kommen von Weihnachten! Das würden wir feiern, weil ein Jesus geboren wurde!

Und außerdem sei morgen noch etwas Besonderes: der erste Dezember!

Na, dachte ich, das klingt ja alles erst einmal klasse! Aber was da wohl wirklich dahinter steckte?

Frauchen begab sich dann in unseren Keller, und ich – ich schlich natürlich hinterher!

Sie betrat schon den Kellerraum. Von mir aus durfte sie da auch erst mal vorgehen. Dann aber stutzte ich: Was war denn das auf einmal für ein interessanter Geruch? Durch die offene Kellertür sah ich nun: die Tür von diesem Schrank stand offen! Von *dem* Schrank, der doch bis jetzt immer zu gewesen war! Und da stand dann jetzt auch so ein großer Karton davor, und in den guckte mein Frauchen nun ganz interessiert hinein!

Das machte mich nun vollends neugierig. Also ging ich unerschrocken in diesen großen Kellerraum hinterher, begab mich wie selbstverständlich zu dem Karton und reckte mich, so gut ich konnte, um über den Rand zu sehen.

Aber – es war zu schade! Ich war leider noch immer nicht groß genug! Wirklich zu schade!

Ich überlegte – und hatte *die* Idee! Ich tat so, als ginge mich dieser Karton jetzt gar nichts mehr an, spazierte so ein wenig im Kellerraum herum, und als ich sicher war, dass Frauchen wirklich nicht mehr auf mich achtete – da wagte ich es! Mit einem prima Anlauf und einem rekordverdächtigen Absprung landete ich mitten im Karton.

Aber was war denn das?! Ich lag auf so was pieksigem Grünen!

Damit hatte ich ja nun überhaupt nicht gerechnet! Und ich miaute laut auf.

Das sollte so interessant gewesen sein?! Wie konnte Frauchen dieses Gestachel nur so faszinierend finden?!

Sonst waren nämlich in solchen großen Kartons meine Futterdosen drin oder, noch besser, der große Beutel mit den Trockendropsen, die so gut rochen.

Aber dies hier?!

Frauchen war, glaube ich, von meinem Überraschungstreffer auch nicht so begeistert. Jedenfalls guckte sie mich jetzt so komisch an.

Das sei eine künstliche Tannengirlande zur Dekoration für den Advent, was mich da so gepiekt habe, meinte sie. Und: Ja, ja, das geschehe mir ganz recht, dass meine Neugierde auch mal solche Folgen habe.

Ich war da natürlich überhaupt nicht ihrer Meinung!

Aber was die Menschen mit so einem Zeugs anfangen?!

Weihnachten war mir nun zunächst doch nicht mehr so ganz geheuerlich …

Frauchen schnappte sich dann dieses grüne Tannengirlandending und noch einen kleinen Teller. Anschließend ging's wieder hinauf ins Wohnzimmer. Dort stellte sie jetzt noch einen Beutel dazu!

Wo kam der denn her – und wie hier hin?! Irgendwie hatte ich ja gar nicht aufgepasst! Das passierte doch sonst nicht! Ich schob es auf dieses Grüne! Das Pieken hatte mich irgendwie ganz schön verwirrt …

Schluss jetzt damit! Denn nun landeten vor Frauchen beim Ausschütten der Tüte lauter tolle Sachen auf dem Tisch: Viel Verschiedenes gab es da und auch wieder so etwas Grünes, Stacheliges, aber diesmal schön rund!

Und: *dieser* Geruch war toll! Ich war jetzt ganz hin und weg!

Das roch richtig nach »draußen«, nach irgendwie … Weihnachten vielleicht?!

Ein Adventskranz

Meine Begeisterung war zurückgekehrt! Da lag dieses Grüne, so wundervoll Duftende, Runde, direkt in meiner Blickrichtung, vor mir auf dem Tisch! Und Frauchen hatte noch nicht einmal etwas dagegen, dass ich, als wäre es selbstverständlich, neben ihr auf dem Stuhl Platz nahm!

Ja, der Advent fing gerade an, mir möglicherweise doch zu gefallen.

»Sind das nicht schöne Kerzen, Mimi?«, fragte Frauchen. Ich ging näher mit der Nase ran. Der Geruch war schon ganz interessant, das gebe ich ja zu, aber ich hangelte viel lieber mal in Richtung dieses einen abgebrochenen Teils von diesem Grünen, das so verführerisch duftete …

Also: Pfote vorsichtig, ganz vorsichtig über den Tisch geschoben, in Reichweite gebracht – und gekonnt diese nette Kleinigkeit heruntergekickt!

Geschafft!

Und los: Beute ins Mäulchen – aber was war denn das?!

Das piekte ja schon wieder so! Oh, und Frauchen hatte ebenfalls etwas gemerkt!

Sie war dann auch die Schnellere. Das durfte sie von mir aus in diesem Fall sogar sein! Ich überließ ihr wirklich ganz kleinlaut und sehr großzügig die Beute!

So etwas Stacheliges – wie konnte das nur so einen guten Geruch haben? Das passte für mich aber überhaupt gar nicht zusammen!

Frauchen musste lachen: »Tja, mein lieber Mimi, so Tannenbaumzweige können ganz schön pieken, was?«

Noch immer etwas kleinlaut nahm ich also wieder auf dem Stuhl Platz. Nun wollte ich besser erst mal nur zusehen.

Kerzen, vier Stück, die jeden Adventssonntag und die Wartezeit bis Weihnachten anzeigen sollten, die würde sie jetzt auf den Adventskranz setzen, erzählte Frauchen mir dann. Gesagt, getan.

Und wie ich so zuschaute, kam es auch schon wieder besser für mich. Denn jetzt steckte sie zwischen die Kerzen so etwas Nettes, nach Essbarem Riechendes!

»Erdnüsse«, sagte Frauchen. *Den* Namen wollte ich mir wohl gerne merken!

Aber was passierte denn jetzt?! Die wurden ja aufgespießt! Auf einem Draht thronten sie nun zwischen den Kerzen!

Das könnte schwierig werden, die da wieder herunter zu bekommen. Dazu würde ich eine prima Strategie und viel Zeit brauchen.

Gut, dass Frauchen nicht wusste, was ich hier gerade dachte. Nein, sie werkelte fleißig weiter, mit so viel Liebe und Aufmerksamkeit, dass ich nur staunen konnte. Das war doch nur ein Adventskranz! Und ein bisschen Aufmerksamkeit könnte sie für mich vielleicht auch noch übrig behalten!

Inzwischen hatte ich auch schon wieder etwas Neues entdeckt. Schöne, lange Bänder drehte mein Frauchen nämlich nun da! Sie bemühte sich, das eine auseinander zu rollen …

Eifrig, wie ich war, erkannte ich die Situation und half natürlich beim nächsten Band Kater-selbstverständlich mit: ein Ende ins Mäulchen genommen, Beißerchen schön zusammengedrückt, und mit einem schwungvollen Satz ging's runter vom Stuhl und in die nächste Ecke! Dabei vergaß ich natürlich nicht, immer schön zu ziehen und das Band gut stramm zu halten! Wenn ich etwas machte, dann mit Eifer und ordentlich! In diesem Fall hieß das: ich zog an diesem einen Ende, bis alles abgewickelt war.

Inzwischen hatte Frauchen auch das andere Ende von meinem Band erwischt. Teamwork eben – gute Zusammenarbeit! Dass Frauchens Gesichtsausdruck, als sie mich ansah, nicht mehr so wohlwollend schien, das übersah ich geflissentlich.

Inzwischen war nämlich das gesamte Band abgewickelt, aber der Spaß noch nicht zu Ende. Frauchen zog (!) nämlich jetzt – ich hielt tapfer dagegen und zog ebenfalls hübsch mit. Klasse!

Und so lief das auch eine ganze Weile ...

War ich stark!

Allerdings gab es dann aus Frauchens Richtung einen kräftigen Ruck, und ich wollte doch lieber meine Beißerchen behalten! Da musste ich leider kleinlaut gestehen, dass ich noch nicht ganz so stark war wie sie.

Ich nahm mir natürlich vor, das auf Dauer dringend zu ändern!

Erst einmal hatte das Bandziehen damit aber wirklich ein Ende. Denn mit dem Ruck und einem nur allzu deutlichen »Nein« entzog Frauchen mir schmunzelnd das gute Stück. Aus die Maus!

Ich war ja schon halbwegs wieder getröstet, als sie nach kurzer Weile mal wieder aufsah und schaute, ob es mir denn auch gut ginge.

Schmollend hatte ich mich nämlich demonstrativ *vor* den Tisch gesetzt.

Sie war also doch noch um mich besorgt. Und das war die Hauptsache!

Also setzte ich mich wieder an den Tisch und verfolgte Frauchens Aktivitäten weiter. Die Nüsse, die Kerzen, die Bänder, das war jetzt alles bald aufgesteckt und fertig. Und gleich war ja auch Futterzeit!

Frauchen hatte wieder diesen liebevollen Blick in den Augen, als sie den fertig geschmückten Adventskranz schließlich bewunderte.

Dieser Blick gehörte doch eigentlich mir – höchstens noch meinem Herrchen! Also wirklich, dieser Kranz musste etwas ganz Besonderes sein, wie sie ihn da so auf den Küchentisch stellte!

Und morgen sollte damit auch noch mehr geschehen, verriet sie mir schon mal.

Na, mir war das momentan egal; Hauptsache, sie dachte vor lauter Begeisterung noch an mein Futter!

Das tat Frauchen dann aber auch, und ich begab mich nach der Abendmahlzeit zur wohlverdienten Ruhe.

Am nächsten Morgen, da war es dann das erste Mal so weit, da durfte ich nach der Futterzeit mit in die geschmückte Küche.

Es war ein Sonntag und – ich erinnerte mich – der erste Advent. Aber irgendetwas stimmte nicht mit dem Kranz. Genauer gesagt: da war etwas mit einer von diesen Kerzen, das ich noch gar nicht kannte! Oben auf der Kerze war so etwas Helles drauf, das sich sachte bewegte, und es war sogar so hell, dass es mich blendete. Höchst interessant!

Ich schaute mich um: Frauchen stand am kühlen Schrank; Herrchen hatte da hinten mit dem vielen Wasser zu tun. Die ideale Gelegenheit also für mich, mir das Ganze mal leise, heimlich und still aus der Nähe anzusehen!

Schnell sprang ich auf den Tisch. Lage geprüft: ich war lautlos genug gewesen, keiner hatte etwas gemerkt! Toll hatte ich das gemacht!

Ich schlich näher. Wärmer war das hier. Ach, wir Kater *lieben* Wärme! Und so hatte ich keine Bedenken, noch näher an das Ding heranzugehen.

Es roch dann allerdings etwas komisch … Was war denn das?!

Da hatte allerdings nicht nur ich etwas gemerkt!

Mein ganzer Stolz, mein Schnurrbart, genauer gesagt, das zweite Schnurrhaar von oben rechts, war –

»Angekokelt!«, riefen Frauchen und Herrchen da auch schon gleichzeitig!

Sie schnappten mich, zogen mich vom Tisch und hatten ziemlich ernste Mienen, als sie mich jetzt überall untersuchten.

Aber dann lachten die beiden doch schon wieder. »Der Kater mit dem Kokelschnurrhaar«, so wurde ich jetzt – allerdings zum Glück nur für kurze Zeit – genannt!

Als ich mich später zur Mittagsruhe begab – gut versorgt mit Herrchens und Frauches Ermahnungen, nie wieder ans Feuer (aha!) zu gehen, dachte ich noch einmal etwas genauer nach: Wenn die beiden nicht rechtzeitig etwas gemerkt hätten – nicht vorzustellen!

Ich nahm mir ab sofort also wirklich vor: Das Schauspiel Feuer würde ich künftig nur aus gebührendem Abstand bewundern!

Aber für heute blieb die Hauptsache: Ich stand mal wieder im Mittelpunkt!

So konnte dieser Advent wohl weitergehen!

Viel Besuch

Es gab Zeichen, die kannte ich. Und dies hier war heute so ein Vorzeichen!

Eindeutig: Bei so viel Aufräumen war viel und besonderer Besuch im Anmarsch! Ich war begeistert!

Ich freute mich schon auf fremde Gerüche und gute Gelegenheiten, etwas Schönes zu ergattern. Bestimmt würde ich auch wieder besonders begutachtet!

Von mir aus konnte es losgehen! Die Vorbereitungen sollten mir auch willkommen sein!

Hilfsbereit, wie ich nun mal bin, machte ich mich auch gleich daran, mein Frauchen bei den anstehenden Dingen tatkräftig zu unterstützen. Im Moment hatte sie den Besen in der Hand und fegte mein kleines Räumchen. Ich schaute zu ihr herein: Der Besen näherte sich der Tür. Hei, jetzt verschwand er wieder!

Und wie schnell er wieder da war! Frauchen hatte ja richtig Tempo drauf! Jetzt war er wieder weg – jetzt kam er wieder!

Irgendetwas regte sich in mir. Ich konnte es nicht verhindern, ich *musste* dieses Ding da kriegen!

Jagdtrieb nennt sich das, das wusste ich aus vielen Entschuldigungsgesprächen, die ich zwischen meinem Frauchen und meinem Herrchen schon so manches Mal mitbekommen hatte. Aber wichtig für *mich* war im Augenblick nur, den richtigen Moment abzupassen, in dem ich dieses Ding erwischen konnte!

Ich setzte mich also zielstrebig zurecht. Vorderkörper: abgesenkt. Popo: hochgereckt! Kopf: schön eng an den Boden geschmiegt. Alle Muskeln in den Beinen angespannt, ein bisschen Wackeln mit dem hinteren Körperteil – weil ja alles so aufregend war – und dann: Absprung!

Yeah, ich saß auf dem Besen, ich hatte ihn!

Meine stolzgeschwellte Brust konnte Frauchen so allerdings gar nicht sehen, weil ich *bäuchlings* auf dem Ding lag. An ihrem »Oh nein!« erkannte ich, dass sie daran aber auch nicht im Mindesten interessiert war.

Mit einem Flug ging mein Abenteuer dann aber auch schon weiter. Ich wurde nämlich mitsamt dem Besen in die Luft gehoben! Meine Mahlzeit heute Morgen war wohl etwas groß und schwer ausgefallen, jedenfalls konnte ich mich nicht ganz so lange hier oben halten, und entsprechend losgelöst plumpste ich im nächsten Augenblick wieder herunter. Den senkrechten Steilflug nach unten habe ich natürlich nach Katzenart gekonnt abgefedert!

Trotzdem hatte ich mir mehr Begeisterung bei meinem Frauchen erhofft. Die fegte ja schon wieder weiter!

Meine Idee in allen Ehren – sie wusste meine Mithilfe offenbar noch nicht zu schätzen!

Also überlegte ich neu. Ich hatte noch so viel Elan!

Es kam mir dann auch folgender Einfall: Meine Katerkräfte waren doch bestimmt geeignet, den Mülleimer, der bei solchen Gelegenheiten von Frauchen geleert wurde, zu übernehmen …

Gedacht, getan! Anlauf, Sprung – lautes Krachen! – Mülleimer erfolgreich geleert!

Von dem Lärm war ich allerdings selbst erschrocken. Ich glaube, das war auch ein wenig mein Glück, denn die Begeisterung bei Frauchen über meine neuerliche Mithilfe wollte sich nämlich so gar nicht einstellen. Im Gegenteil! Ihre Äußerungen hörten sich fast an wie Schimpfen!

Aber Schimpfen? Mit *mir?*

Ich zog es vor, die Lage jetzt erst einmal nur beobachtend wahr zu nehmen.

Und ich ging ein bisschen zurück – bis dieses grollende Ding von Staubsauger aus dem Schrank genommen wurde! Frauchen wollte doch wohl nicht … Oh nein!

Meine Ohren waren mir lieb und teuer. Dieses grausige Geräusch mit dem Fauchen und Röhren musste ich mir wirklich nicht antun! Also trollte ich mich und verzog mich in die obere Etage des Hauses auf meinen Lieblingsplatz, wo ich immer hinging, wenn ich ungestört sein wollte. Hier konnte ich in aller Katerstille abwarten, bis dieses Donnerding da unten wieder Ruhe gab.

So verging die Zeit.

Ich war wohl zwischendurch ein bisschen eingeduselt, als mein empfindliches Näschen meldete, dass köstliche Düfte aus der Küche heraufwaberten.

Der Weg über die Treppe herunter war schnell erledigt.

Aber – so was! Die Küchentür war zu! Das musste schnellstens geändert werden!

Ich miaute! Keine Reaktion aus der Küche. Das steigerte nur meine Erwartungshaltung und auch meine Entschlossenheit, doch in diesen Raum hineinzukommen!

Frauchen gab erwartungsgemäß dann auch nach etwas längerer Zeit nach. Die Tür ging auf – und ich spazierte hinein.

Wunderbarer Geruch, dachte ich. Und diese vielen Töpfe!

Herrchen war auch schon da. Ich machte mich auf den Weg und begrüßte auch ihn.

Was mir aber ebenfalls auffiel: Die beiden hatten mich genauestens im Blick! Und sie ließen mich auch die ganze Zeit über nicht ein einziges Mal aus den Augen!

Keine Chance für mich also, um mal genauer nachzusehen, was im Ofen Gutes für meinen Katergaumen sein könnte.

Und so gab ich – nur für den Augenblick – mal klein bei und setzte mich brav auf mein Höckerchen. Hier konnte ich nämlich beides: in der Nähe der Töpfe bleiben und doch sicher sein, dass ich hier gern geduldet war.

Bestimmt ergab sich gleich noch die eine oder andere Gelegenheit für mich …

Und dann schellte es. Den Klingelton fand ich auch wunderbar, kündigte er doch immer Neuigkeiten an.

Ich preschte pfeilschnell schon mal an Frauchen vorbei, durch die wieder geöffnete Küchentür und in Richtung Haustür! Zwar musste ich dann noch einmal Platz machen, damit der ganze Schwung von Neuankömmlingen – sprich Besuch –, der sich nun seinen Weg bahnte, an mir vorbei konnte, aber das war so ganz nach meinem Sinn:

Alle gingen an mir entlang, hinterließen ihren Duft, und ich konnte mir schon einmal ein genaues Bild davon machen, bei wem ich wohl die meisten Chancen hatte, später etwas Leckeres abzubekommen … Natürlich wurde auch ich in diesem Zuge gebührend bewundert! Ich nahm mit Wohlwollen zur Kenntnis, dass Einigen aufgefallen war, wie schön ich geworden und wie groß ich inzwischen war und wie niedlich kulleräugig ich alle musterte.

Meiner Meinung nach fing also alles ganz wunderbar an. Ich begleitete den Besuch ins Wohnzimmer und wich auch Frauchen und Herrchen nicht von der Seite, als sie nach einiger Zeit die leckeren Speisen auf den

Tisch stellten – direkt neben den Adventskranz, auf dem die erste Kerze wieder brannte. Gleichwohl hörten meine Öhrchen, dass dem Besuch mitgeteilt wurde, sie dürften mich nicht füttern.

Wie bitte?! Das war nicht so ganz nach meinem Wunsch! Da musste ich es nun schon besonders gut anstellen und mich anstrengen, doch zu betteln oder den ein oder anderen Bissen auf irgendeine Art abzuzweigen.

Das funktionierte dann auch am besten bei dem Mann mit der blauen Jacke, die so einen guten Geruch hatte.

Hmmm …

Eine Kleinigkeit … und noch eine … Gut gekatert!

Irgendwann flog die ganze Sache aber doch auf. Leider!

Und die guten Gaben kamen direkt anschließend nicht mehr so einfach vom Tisch.

Aber: manchmal fügt sich, was so sein soll! Denn nur kurze Zeit später flog nämlich tatsächlich und völlig unverhofft doch auf einmal etwas herunter, und ich hatte noch nicht einmal nachgeholfen!

Ich war natürlich der Schnellere, und noch ehe sich da jemand vom Tisch hinunterbücken konnte, war ich schon da und hatte die Erdnuss schon in meinem Leckermäulchen. Und weil das so unschlagbar »süüüß« aussah, waren die Besucher von mir auch wieder sooo angetan …

Frauchen und Herrchen blieb damit natürlich gar nichts anderes übrig: auch sie mussten zugeben, dass ich wieder mal alle mit meinem Charme um die Pfote gewickelt hatte! Der Rest war überstimmt!

Das wiederum konnte so recht nach meinem Sinn sein!

Advent und Adventsbesuch waren klasse!

Das wusste ich jetzt genau!

Winterkälte

Heute reckte und streckte ich mich, als ich in aller Frühe wie gewohnt aus meinem Körbchen aufstand. Irgendetwas aber war anders als sonst.

Ich schaute mich um. Alles befand sich auf seinem vertrauten Platz: im Katzentoilettenbereich war alles wie immer; mein Körbchen stand da, wo es hin gehörte, und auch der Rest im Raum verteilte sich wie gewohnt.

Und doch: irgendetwas war und blieb hier anders!

Ich sah an mir herunter: leerer Bauch, ein vernehmliches Knurren in selbigem. Aber auch das bedeutete für diese frühe Zeit nichts Besonderes.

Und plötzlich wusste ich, was mir merkwürdig vorkam: meine Haare! Die waren mehr geworden! Und dichter! Und weißer! Und schöner! Und: länger!

Und noch etwas fiel mir auf: Der Luftzug, der unter der Tür hindurchkam, machte mir heute überhaupt nichts aus! Obwohl ich allerdings regelrecht riechen konnte, dass die Luft, die von da unten und von draußen kam, ziemlich kalt sein musste …

Ich stellte mit Verwunderung fest, dass mich mein Haarkleid tatsächlich wunderbar wärmte, als ob gar nichts wäre. Und das sah zudem noch einfach toll aus!

Ob das wohl schon Frauchen und Herrchen aufgefallen war? Ich musste mal bei Gelegenheit ganz dezent darauf hinweisen.

Jetzt aber machte ich erst einmal dringend auf meinen Hunger aufmerksam. Dieses Bedürfnis ging entschieden vor! Auf mein klares und eindeutig forderndes Miauen kam dann auch endlich mein Herrchen, und ich passte wie immer gut auf, dass die Portion, die er mir in der Küche zubereitete, auch nicht zu klein ausfiel. So ganz nebenbei hatte ich auch noch ein paar Restchen von gestern auf dem Küchenboden entdeckt und zu mir genommen. Selbstverständlich! Diese Kleinigkeiten lässt sich auch ein Kater von Format nicht entgehen!

Aber meinem Wunsch, auch mal auf dem Tisch nachzusehen, ob da noch etwas Fressbares wäre, stellte sich Herrchen entschieden in den Weg. Ich nahm es gelassen zur Kenntnis und wartete halt auf meinen vollen Napf. Der wurde mir auch anschließend in mein Räumchen gestellt, und ich vergnügte mich an dem guten Frühstück.

Danach spazierte ich wie immer hinter demjenigen her, der sich gerade auf den Weg zum Badezimmer machte.

Die Tür dorthin ging auf und ich natürlich mit hinein!

Tür zu. So, jetzt hatte ich es hier drinnen richtig herrlich warm!

Gewöhnlich pflegte ich in solchen Momenten immer auf der Fensterbank Platz zu nehmen. Das tat ich auch jetzt erst einmal.

Was die Menschen so machten, das konnte ich von diesem Ort aus am besten beobachten. In der Hauptsache putzten und schrubbten sie an sich herum. Und weil in solcher Umgebung selbst ein Kater wie ich nicht anders kann, als sich mitreißen zu lassen, begann auch ich mich der Körperpflege zu widmen. Heute würde sich dabei zusätzlich die Gelegenheit für mich ergeben, den Anwesenden die Augen für *meine* Schönheit zu öffnen – will sagen: für mein wundervolles neues Haarkleid!

So putzte ich also ausgiebigst mein Fell: Zunge so weit wie möglich herausgestreckt, mit Wonne auch die untersten Haare bearbeitet und dabei so auffällig wie möglich das obere Haarkleid angehoben, damit Herrchens und Frauchens Blick auf mein schönes, langes neues Unterkleid fiele. Und das schimmerte sooo weiß in diesem Licht! Man hätte meinen können, ich sei wirklich frisch gewaschen!

Na ja, so konnte *ich* es mir denken und ihnen zeigen: richtig gut geputzt, was? Aber so oft ich zwischendurch zu ihnen hinüberlugte – keine Reaktion.

Ja, wollten die denn nichts merken, oder taten die nur so?! Ich war doch ganz sicher nicht zu übersehen, so hingebungsvoll, wie ich mich hier putzte!

Und endlich: Frauchen hatte mich wahrgenommen! Jetzt machte sie auch Herrchen aufmerksam: wie gut ich doch gelernt hätte, mich sauber (!) zu machen!

Das ist doch kalter Kaffee, dachte ich. Das ist zwar nett, aber *darum* geht es mir doch jetzt gar nicht!

Es blieb mir dann auch nichts anderes übrig, als weiter zu machen!

Also bemühte ich mich, ganz genau und total ausführlich immer schön extra die weißen, langen neuen Haare über meine raue Zunge zu ziehen, im Zeitlupentempo sozusagen. Für Menschen, die etwas schwerer von Begriff sind.

Und dann, endlich, kam es wirklich: »Es wird Winter!«, freute sich Frauchen und lächelte Herrchen zu. Ich bekäme schon mein Winterfell! Und das machte mich doch jetzt noch mal so schön!

Ja, dachte ich, das klang schon prima; *so* wollte ich das haben! Gelobt und für schön befunden! Und ich räkelte mich noch einmal in meiner vollen Schönheit.

Und weil dies meine Verwegenheit noch beflügelte, stieg ich anschließend ganz lässig über die Badewanne hinunter auf den Fußboden, nachdem ich mir überlegt hatte, mal auszuprobieren, wie sich Winterfell und warme Heizung zusammen wohl so anfühlten ... Das musste ja herrlich sein!

War es dann auch ...

Zunächst saß ich erst einmal unten, ganz nah an der Wärmequelle. Aber: Ich wäre nicht der Kater Mimi, würde ich nicht noch einen Tacken draufsetzen!

Also: Anlauf genommen, Absprung und – mit einem Satz landete ich oben auf der schönen, warmen Heizung. Ich musste zwar noch einmal etwas nachsetzen, bevor ich das Gleichgewicht wieder fand, aber dann thronte ich da, von Herrchen und Frauchen gebührend bewundert angesichts meiner tollkühnen Künste. Wunderbar!

Und genauso wunderbar war die Wärme, die mir dabei in alle Glieder stieg …

In *alle?!*

Nach einer Weile hatte ich das komische Gefühl, die geballte Heizungswärme sammelte sich ausschließlich in meinen Pfoten! Hier stimmte doch etwas mit der Verteilung nicht!

Und aus angenehmer Wärme wurde richtig *Hitze*. Und die war soeben dabei, mir die Fußsohlen zu verbrennen! Meine empfindlichen Pfötchen!

Katerehre hin oder her – ich musste diesen Platz verlassen, und zwar schleunigst!

So sprang ich allerschnellstens herunter! Frauchen und Herrchen lachten nur.

Aber während ich mich ausnahmsweise noch ein bisschen ärgerte, bemerkte ich mit wachsendem Wohlgefühl, wie meine Pfoten auf dem kühlen Fliesenboden wieder Normaltemperatur annahmen …

Beim Rausgehen aus diesem tollen Raum kam mir dann eine prima Idee, wie ich dem Pfoten-Hitzestau ein Schnippchen schlagen könnte: Wenn ich oben auf der Heizung wäre, dann müsste ich mich doch nur zur Seite drehen, alle Viere von mir strecken und die Wärme überall da genießen, wo *ich* sie haben wollte!

Und, was soll ich sagen: Beim abendlichen Badgang habe ich genau das dann auch getan, und das Beste ist: Es hat funktioniert!

Weihnachtssterne
und andere Köstlichkeiten

Frauchen war heute so fröhlich! Was da wohl los war?

Der Advent war sicher auch ein Grund, aber bestimmt nicht der einzige!

Ich musste mich schon ein wenig anstrengen und genau zuhören, ehe ich es heraus bekam: sie war eingeladen!

Und sie wusste auch schon ein Geschenk! Dies schien bei den Menschen nicht immer so ganz leicht zu sein, das hatte ich mittlerweile gelernt.

Nun aber wurde meinem Herrchen gerade mitgeteilt, dass es als Geschenk ein großes Gesteck geben sollte, vielleicht mit einem Weihnachtsstern. Was das wohl war?

Und ich machte mir so meine Vorstellungen: Als Kater ist einem etwas Essbares immer das gedanklich Nächstliegende. Also tippte ich mal auf einen adventlich ausgestatteten, großen Korb mit allerlei Köstlichkeiten drin, ähnlich wie der von damals, als die Mama von Frauchen so ganz aus Versehen einen eingepackten Korb im Flur hatte stehen lassen.

Meine Begeisterung dafür war verständlicherweise riesig gewesen! Von mir aus hätte da damals diese durchsichtige Folie auch nicht unbedingt drumherum zu sein brauchen …

Ich habe dann auch schnell gehandelt, alles Überflüssige fix entfernt und mich über die nächstbesten Dinge hergemacht. Da gab es übrigens auch Kekse drin – vorher, hinterher nicht mehr. Und Schokobonbons!

Das Papier, mit dem die so eingewickelt wurden, war allerdings weniger lecker! Das weiß ich noch!

Das kam dann auch zuverlässig – zum Schrecken aller Beteiligten – auf ungefähr gleichem Wege wieder zurück. Auf die schöne Brücke im Eingangsbereich! Seitdem muss ich zur Mama von meinem Frauchen immer besonders nett sein!

Die will nämlich auf keinen Fall wieder mit mir teilen – genauer gesagt: Die hat Vorurteile mir gegenüber! Dabei hatte Frauchen es doch nach meiner Vorarbeit damals viel leichter mit dem Auspacken! Nur: die Anerkennung für meine fleißige Mithilfe ließ meiner Meinung nach sehr zu wünschen übrig …

Nun ja, jetzt es sollte es wohl etwas Vergleichbares geben, ein Gesteck als Geschenk für irgendeinen Menschengeburtstag …

Frauchen zog sich dann auch an. Ich beobachtete dabei genau: das Lange an den Beinen, das mussten Stiefel sein! Klares Zeichen für kaltes Wetter draußen!

Ich freute mich schon auf den Geruch, der hinterher dran sein würde …

Manchmal nahm ich so einen Schuh sogar extra mit zum Treppenabsatz, weil ich ihn hier genauer – und vor allem auf dem Teppich bequemer – mit meinem feinen Riechorgan untersuchen konnte.

Aber – je größer diese Treter wurden, desto schwieriger war natürlich auch der Transport. Und die Begeisterung bei meinen Menschen über die winzigkleinen Abdrücke meiner Beißerchen war bei neuem Schuhwerk, besonders dem von Frauchen, auch nicht gerade überschwänglich …

Tja, und nun wurde ich also mit einem »Tschüss« verabschiedet. Das war mein Zeichen, mir jetzt Ruhe anzutun, um dann – wenn Frauchen wieder kam – unbedingt fit und munter von Neuem auf dem Posten sein zu können!

Endlich, viel, viel später, drang dieses verheißungsvolle Klackern erneut an mein Ohr: die Schritte von Frauchen! Und ich sah mit meiner klasse Fantasie – schon bevor überhaupt der Schlüssel in das Schloss gesteckt wurde – den bestimmt ganz großen Futterkorb mit Menschensachen drin!

Nun wurde die Haustür auch wirklich langsam aufgeschoben.

Was ich dann aber sehen musste, das war allerdings leider sehr in der Lage, meine Vorfreude mächtig zu trüben: grünes Pflanzengewächs! Und ich sah zuerst wirklich *nur* Grünzeug, was da zur Tür hereingetragen wurde. Etwas, was zwar im äußersten Notfall auch fressbar erschien, aber hier hatte jemand etwas völlig anders zusammengestellt, als es den angenehmen Vorstellungen eines Katers entspricht. Und überhaupt gab es keine Spur von Keksen, geschweige denn von Schokolade!

Welch eine Enttäuschung!

Aber ich wäre nicht der Kater Mimi, hätte ich nicht dieses zweite kleine Pflänzchen da in der Hand von Frauchen entdeckt, die ich jetzt hinter dem ganzen Grünen auch wieder gut erkennen konnte. Und das roch nicht nur passabel, sondern geradezu verführerisch. Und schön rot war das oben drauf; drunter etwas grün, und der Topf hatte offenbar auch genau die richtige Höhe, die ich brauchte, um später gut dran zu kommen!

Jetzt hieß es für mich also erst mal abwarten und beobachten, wo das nette Stückchen seinen Platz fand, um dann eine günstige Gelegenheit zu erwischen.

Unterdessen widmete ich mich dann eben dem Schuhwerk ...

Die erwartete Situation ergab sich auch endlich irgendwann am Abend. Herrchen war noch in der Küche, und Frauchen hatte – das war doch sonst nicht ihre Art?! – wohl aus Versehen die Tür zum Wohnzimmer einen Spalt weit offen gelassen. Ich hatte Frauchen vorher mit der Pflanze ins Wohnzimmer hineingehen, aber ohne das von mir favorisierte Exemplar wieder herauskommen sehen. Kombiniere: die Pflanze war genau hier geblieben!

Ich ging also hinein, sah mich jetzt um, schnupperte in alle Richtungen und registrierte: *Wohnzimmertisch Mitte!* Dabei hörte ich, dass Frauchen bei Herrchen wieder in der Küche war – und doch tatsächlich von genau diesem meinem Pflänzchen hier erzählte: dass sie für uns einen *Weihnachtsstern* mitgebracht habe!

Aha, ein Weihnachtsstern war das also. Herzhaft biss ich zu. Schmeckte merkwürdig! Dafür, dass dieses Wesen hier das Wort *Weihnachten* in seinem Namen trug, hätte es meiner Meinung nach noch besser munden können!

So dachte ich gerade, als mit einem völlig entgeisterten »Oh, nein!« mein Frauchen die Wohnzimmertür regelrecht auffliegen ließ!

Die hatte ich aber in Schwung gebracht!

»Krank« würde ich davon, rief Frauchen dann ganz aufgeregt, und ich wurde richtig unsanft aus dem Raum gebracht.

Und gleich wieder hereingeholt! Ja, was war denn das jetzt bloß?!

Statt meiner verließ jetzt Frauchen mit dem Pflänzchen den Raum!

Das bekam dann einen »katzensicheren« Platz. Und ab sofort stand ich unter ständiger Beobachtung, weil Herrchen und Frauchen – wie ich ihren Gesprächen entnahm – sich große Sorgen machten, wie es mir mit den Blättern vom Weihnnachtsstern im Bauch wohl ergehen würde. Es wurde dann recht spät, bis Frauchen schließlich zu ihrer Feier aufbrach.

Auf beiden Seiten wurden an diesem Abend aber noch gute Vorsätze gefasst: Herrchen und Frauchen nahmen sich vor, mich in Zukunft besser zu schützen und immer schön darüber nachzudenken, auf welche Ideen ich wohl kommen *könnte*. Und ich für meinen Teil nahm mir vor, den

Dingen zunächst etwas mehr auf den Grund zu gehen, vor allem solchen, die mit Weihnachten zu tun hatten, denn in ihnen schienen besondere Gefahren zu lauern.

Und damit kuschelte ich mich nach vollbrachter Tagesleistung bis zur letzten Fressenszeit schön an mein Herrchen, der da zuerst so allein gesessen hatte.

Mich beschlich dabei das leise, aber schöne Gefühl, dass wir männlichen Vertreter aller Gattungen zusammenhalten mussten, wenn weibliche mal nicht zugegen waren … Ich glaube, das tat auch Herrchen richtig gut! Jedenfalls gab er sich richtig Mühe, mich schön zu streicheln –

bestimmt aus Dankbarkeit, dass ich heute an Frauchens Stelle die abend-
liche Sorge für ihn übernommen hatte …

Immer diese Kinder

Wieder hatte sich Besuch angekündigt, und dieses Mal wurde der Tisch an einer Stelle mit dem bunten, leichten Geschirr eingedeckt. Ich sah es genau: *dieser eine* Platz war anders! Und das wiederum konnte nur bedeuten: es kam ein Kind mit!

Ich gebe zu: Jetzt war ich etwas hin und her gerissen. Kinder waren mir immer noch ein bisschen suspekt, eben nicht so ganz geheuerlich. Kinder konnten so laut sein, so unbeherrscht und unberechenbar!

Mit Frauchen und Herrchen und deren Eigenheiten kannte ich mich ja inzwischen ganz gut aus. Man könnte sogar sagen, ich hatte mich mit ihren Besonderheiten ganz prima angefreundet!

Aber mir war im Laufe meines noch kurzen Lebens schon klar geworden, dass ich dies nicht von allen Menschen gleichermaßen behaupten könnte. Und das beruhte manchmal sogar auf Gegenseitigkeit: Es gab nämlich auch Kinder, denen ich so viel Respekt einflößte, dass sie sogar Angst vor *mir* hatten.

Jetzt aber fing ich erst einmal an zu überlegen, wer denn diesmal wohl mitkäme …

Da klingelte es auch schon!

Und?

Ich sah dieses blonde Kind! Spürbare Erleichterung auf meiner Seite – ein scheuer Blick vom Kind, als es in meine Richtung sah.

Hier hatte ich überhaupt keine Bedenken! Im Gegenteil: Ein so ruhiges und zurückhaltendes Kind war mir ansonsten noch nie begegnet.

Aber – und auch das gebe ich zu – dieses Kind war dann wirklich so ziemlich das einzige, das ich nicht dazu bewegen konnte, mich auch zu streicheln.

Aber noch war nicht aller Tage Abend! Ich jedenfalls wollte mich von meiner besten Seite zeigen. Großes Kater-Ehrenwort!

Also hielt ich mich dann ganz dezent im Hintergrund auf. Ich drängelte noch nicht einmal als Erster durch die Wohnzimmertür, als alle hineingingen. Nein, ich legte ein Benehmen an den Tag, das mich sogar selbst in Erstaunen versetzte. Und ich machte es mir auch nur in gebührendem Abstand zum wunderschön adventlich geschmückten Kaffeetisch auf dem Boden, direkt neben dem Sofa, gemütlich.

Frauchen hatte als Erste gemerkt, dass mit mir etwas anders war. Man konnte sagen, sie schaute sogar richtig ungläubig in meine Richtung! Sollte sie etwa auch noch nicht wissen, wie geradezu vortrefflich ich mich benehmen konnte?

Na ja, so lange jedenfalls, wie *ich* es wirklich wollte. Gegen meinen Willen lief da nichts!

Ich nahm dann auch immer wieder Blickkontakt mit diesem blonden Mädchen auf. Nur gut, dass gar keine Krümel unter den Tisch fielen. Für diesen Fall hätte ich nämlich nicht für meine *vollständige* Zurückhaltung garantieren können …

Der Kuchen auf dem Tisch ließ mir allerdings nach einer Weile doch schon das Wasser im Mäulchen zusammenlaufen.

Ich hatte zwar erst vor kurzem mein Futter bekommen, aber allmählich wurde es mir bei dem Gedanken sehr schwer, dass der Kuchen da beständig schrumpfte. Ich machte wahrscheinlich auch ein entsprechend betrübtes Gesicht, denn als ich aufsah, bemerkte ich tatsächlich so etwas wie Mitleid in den Augen des Kindes. Sollte es etwa in der Lage sein, mich zu verstehen?! So ganz konnte ich das noch gar nicht glauben!

Jetzt wurde auch Frauchen aufmerksam.

»Was ist denn?«, fragte sie und schaute erst das Kind und dann mich an. Und dieses tolle Kind brachte Frauchen doch tatsächlich auf die Idee, dass ich, der Mimi, mal spielen könnte und – und dass ich bestimmt zudem Hunger (!) hätte!

Und Frauchen – kreativ, wie sie ist – holte ein paar Futterdropse her, die das Kind mir dann zuwerfen konnte. Die Idee war so gut, die hätte sogar von mir sein können! Ich war begeistert, rannte hinter den Dropsen her und genoss es in vollen Zügen, wieder mal Mittelpunkt im heimischen Wohnzimmer zu sein und dabei auch noch mein Bäuchlein füllen zu dürfen. Und ganz bestimmt würde mich das Kind auch noch streicheln …

Und so war es dann auch! Frauchen stielte die ganze Sache ein: beim Nachhausegehen fragte sie das Kind tatsächlich, ob es mich denn vielleicht mal streicheln wollte.

Ich schaute mit meinem allerliebsten Katerblick zum Kind hoch und: Ja, ganz kurz nur und ganz schnell, fuhr mir eine kleine warme, weiche Hand durch mein Winterfell.

Jetzt lächelte das Kind sogar! Ich hatte es genau gesehen! Das war der Beginn einer Freundschaft, und ich, der Kater Mimi, hatte das mal wieder geschafft!

Schlauer geht's nicht – Nikolaus!

Von mir aus konnte immer Advent sein! Da merkte ich doch schon heute Morgen, dass dies ein besonderer Tag werden sollte. Denn da war so ein Prickeln in der Luft!

War das eine Spannung! Aber kein Streit, nein – da war die Luft anders –, auch kein Ärger deutete sich an. Nein!

Dies hier war Spannung pur – Erwartung, Warten auf irgendetwas.

Aber worauf nur? Ich konnte es mir noch nicht erklären.

Voller Verwunderung hatte ich auch bemerkt, dass ich zum Futterholen heute Morgen gar nicht mit in die Küche gekommen war. Mir wurde mein Futter in meinem kleinen Räumchen sogar extra pünktlich serviert! Und ich hatte den Eindruck, als ob sich Herrchen so ein ganz klein wenig in der Menge getäuscht hätte – zu meinem Vorteil, versteht sich.

Dabei murmelte Herrchen so etwas wie *»weil heute nie Kohl raus ist«* oder so ähnlich.

Ich wusste damit wirklich überhaupt nichts anzufangen! So blieb mir auch nur, die Zeit meiner beiden Menschen im Bad abzuwarten und diese besondere Stimmung zu genießen. Da war nämlich so ein Strahlen in den Augen bei Frauchen und Herrchen!

Irgendwann ging's dann aber doch endlich hinunter in die Küche – so dachte ich mir jedenfalls.

Aber da hatte ich mich gewaltig geirrt! Die ließen mich doch tatsächlich *vor* der Küchentür stehen! Ich musste draußen bleiben!

Ich war nun komplett irritiert. Nur *die beiden* sollten heute in die Küche dürfen?! Ja, was war denn da drinnen los? Hier lief jetzt aber irgendetwas völlig falsch!

Lautstark tat ich dann auch meinen Unmut kund und miaute so intensiv wie möglich.

Hier konnte es sich doch nur um einen Irrtum handeln! Erst so lieb tun und mich dann anschließend einfach draußen lassen!

Das war für mein Katerhirn doch ziemlich unbegreiflich. Ich brachte das alles irgendwie nicht zusammen.

Aber da! Da hörte ich es wieder: »Viele liebe Grüße zum *nie Kohl raus*«!

Ich persönlich mochte schon den Geruch von Kohl nicht ganz so gerne.

Und in dieser Frühe Kohl kochen?

Komischerweise roch es von unter der Tür her auch gar nicht nach Kohl, sondern viel besser – eigentlich sogar ganz verheißungsvoll und lecker!

Jetzt näherten sich da drinnen Schritte – in meine Richtung! Ich ahnte es bereits, und nun war es tatsächlich auch so weit: Die Tür ging auf! Na endlich! Wurde ja auch Zeit!

Und dann sah ich die Bescherung … Das war ja *wirklich* eine Bescherung!

Denn auf dem Tisch stand Schokolade! Ich roch das sofort. Da konnte auch diese merkwürdige rote Einwickelverkleidung in Menschengestalt um die Schokolade herum mich nicht täuschen. Nein, ein Mimi-Kater lässt sich doch von so etwas nicht ablenken!

Ich war schon auf dem Weg, mir das Ganze mal aus der Nähe anzusehen, als ich sanft, aber bestimmt von Herrchen zurückgehalten wurde. Herrchen nahm mich aber netterweise zu sich auf den Schoß.

»Ni-kol-aus« sei heute, erzählte er. Und er erzählte weiter: Die Niko-lausschokoladenmänner seien *nur* für Frauchen und Herrchen! Die hätten sie sich geschenkt! Weil Nikolaus so ein guter Mann gewesen sei, wür-den auch heute noch immer alle an ihn denken und sich an seinem Na-menstag mit etwas überraschen. Deshalb auch meine Extraportion Futter. Das sei doch immer noch das schönste Geschenk für mich?!

Klar!, dachte ich und hörte mir das erst mal so an. Und dabei begann die Sache mir ebenfalls zu gefallen!

Denn dies war ja erst der Anfang vom heutigen Tage … Und wenn es am Morgen schon mit Geschenken und größeren Portionen los ging, konnte es sich meiner Meinung nach gerne so fortsetzen …

Nikolaus war ein guter Mann, das glaubte ich nur zu gern!

Und ich war davon überzeugt, dass auch etwas sehr Schlaues dahinter steckte, wenn die Sache von damals bis heute sooo wirkte!

Und weil mich das alles – ich gebe es ja zu – auch in eine völlig ange-nehme Stimmung versetzte, war auch ich meinerseits ganz lieb zu Frau-chen und Herrchen. Da hatte doch dieser gewisse Nikolaus sogar noch Auswirkungen auf mich!

Und ob das darauf oder auf mein sowieso liebes Wesen zurückzuführen war – jedenfalls bekam ich auch am Mittag eine Portion serviert, bei der ich wieder den Eindruck haben konnte, dass sie üppiger als sonst aus-fiel.

So verging der Tag – bis zum Abend! Da wurde es für mich dann aber noch einmal höchst spannend! Aber anders als am Morgen. Denn Herrchen hatte eine gefüllte Glasschale mitgebracht.

Walnüsse seien da drin, murmelte er vor sich hin, und ich gewann den Eindruck, als ob er sich durchaus darauf freute. Und ich bemerkte auch: in dieser Schale, da waren so große, braune, runde Stücke drin, die ganz prima rochen! Das versprach sicher auch ein Leckerbissen für *mich* zu werden – jedenfalls eventuell –, wenn ich es geschickt anstellte!

66

Das dachte ich mir mal so – obwohl ich diese Dinger ja noch gar nicht so genau kannte. Also beschloss ich, die ganze Sache erst mal genauer anzusehen.

Frauchen brachte noch etwas Silbernes.

Hu, das waren ja zwei Riesenhaken, die sie da in der Hand trug! Und die konnten klappern!

Ich zog mich sicherheitshalber ein bisschen zurück. Aber der Geruch von den Nüssen war einfach zu gut!

So schlich ich mich an und kam bis unter den Tisch. Und dann:

Knaaack!

Bin ich vielleicht zusammengezuckt! Und habe mich natürlich erst mal allerschnellstens in Sicherheit gebracht! Ich glaube, das war neue persönliche Bestzeit!

Nach einer kleinen Weile wagte ich es dann vorsichtig, ganz vorsichtig noch einmal.

Wieder dieses fürchterliche Knacken!

Ich zuckte erneut, wartete noch einmal ein bisschen und wurde dann mutiger. Denn hatte ich etwa da nicht gerade so ein leises Schmatzen gehört?!

Ich sah beim nächsten Mal genauer hin: Da knackte doch Herrchen tatsächlich mit dem Silberding die Nüsse und verteilte anschließend diesen duftenden Inhalt großzügig an Frauchen und an sich selbst ... Und wo blieb *ich?!*

Ich schätzte die Situation daraufhin natürlich als viel weniger gefährlich ein und traute mich nach dem nächsten Knacken schon gut heran, bis direkt vor den Tisch. Und dabei passierte es: Genau vor meinen Pfoten landete eine Nuss! Allerdings nur gut riechend und leider noch nicht geknackt! War wohl ein Versehen von Herrchen – aber für mich ein prima Vorfall!

Ich brachte die Nuss natürlich sofort in Sicherheit, und Herrchen hatte damit keinen Zugriff mehr. Wenn dem – auch aus Versehen – etwas heruntergefallen war, sah ich es als Selbstverständlichkeit an, dass das dann erst mal *mein* Ding wäre! Besonders, wenn es sich so direkt vor meine Füße platzierte!

Aber – was soll ich sagen – das Ding drehte und wendete sich fast ständig! Ich fühlte förmlich die Blicke von Frauchen und Herrchen in meinem Fell, aber darum kümmerte ich mich schlicht gar nicht.

Nein! Mein Jagdinstinkt oder wie das Teil heißt, war erwacht! Nuss angetitscht: das Ding bewegte sich, drehte sich und schnellte nach vorn!

Ich preschte hinterher. Von neuem angetitscht – ich weiter hinterher! Und das gab immer einen ordentlichen Knall, wenn die Nuss von mir dabei gegen irgendein Möbelstück geschleudert wurde. Ein herrliches neues Spiel, kann ich nur sagen!

Ich wurde dabei vor Eifer auch immer schneller! Und ich hörte, wie Frauchen und Herrchen lachten. Also waren auch die von meinem tollen Spiel begeistert!

Und das wiederum brachte mich zur Höchstleistung. Mit einem Pfotenschlag, zu dem nur ich mit dieser Kraft fähig sein konnte, donnerte ich das Teil in Richtung Wohnzimmertür: Knall!!!

Und was soll ich sagen, ich genialer Kater? Diese Walnuss ging auf!

Der Inhalt flog in alle Richtungen, und ich, ich machte mich natürlich schnellstens genussvoll darüber her! Das war meine Belohnung für diese meine bühnenreife Leistung!

Auch Frauchen und Herrchen waren mächtig beeindruckt. Und – glaubt man's? Ich durfte sogar alles ganz allein verspeisen! Keiner nahm mir etwas weg!

(Wohl, weil mir jeder nach der Anstrengung diesen Gesamtsieg völlig beeindruckt gönnte.) Man könnte auch sagen: Mir ging es prächtig!

Und dem war wirklich so – das kann ich wohl zugeben!

Ich war jetzt bestimmt der einzige Kater weit und breit, der Walnüsse knacken konnte! Und dabei durften alle meine Zeugen amüsiert zusehen!

Dies war dann mein erster Nikolausabend, und er wird uns, Herrchen, Frauchen und mir, wohl immer in allerbester Erinnerung bleiben!

Weihnachtszeit – Plätzchenbackzeit

Als Frauchen an diesem neuen Morgen schon fertig war mit ihrem Frühstück, erzählte sie Herrchen mit leuchtenden Augen, dass sie heute Nachmittag vorhabe, Plätzchen zu backen. Ich hockte dabei auf meinem Kratzbaum, schaute mit kugelrunden Augen und staunte.

Ich dachte nämlich bis jetzt, dass bei den seltenen Malen, wo ich Plätzchen gesehen und – wenigstens Krümel – auch probiert hatte, diese immer vom Einkauf oder vom Schenken in unser Haus gekommen seien. Aber offensichtlich konnte Frauchen selber Plätzchen machen, und *das* versprach interessant zu werden! Voraussichtlich bekäme mein Bäuchlein auch ohne viel Aufwand so einiges ab …

Apropos Bäuchlein: Das war übrigens schon lange nicht mehr so kugelig wie früher. Ich hatte mich eben prächtig entwickelt und war immer mehr auf dem Weg, ein ausnehmend schönes Exemplar von Katermann zu werden. Einmalig Mimi eben!

Und dazu gehörte es auch, jede Menge Erfahrungen zu sammeln! Das Erlebnis Backen wartete also schon auf mich.

Herrchen zeigte beim Thema Backen jetzt auch ein gewisses Interesse. Ja, man konnte sogar richtig von Begeisterung sprechen! Und Wünsche hatte er plötzlich ebenfalls!

Das kam wirklich äußerst selten vor.

Meistens nahm er nämlich alles so hin, wie Frauchen es halt machte. Nun aber bestellte er *Sterne!* Weihnachtssterne – gebacken!

Wenn selbst Herrchen die Sache so dermaßen interessant fand, dann versprach das Ganze für mich natürlich umso spannender zu werden!

Ich legte mich also noch ein bisschen in mein Körbchen, pflegte mich oder strich ab und zu mal durchs Haus und wartete auf den Nachmittag …

Endlich war es so weit! Frauchen hatte netterweise die Küchentür für mich offen gelassen, und ich saß dafür ebenso netterweise auf meinem Kratzbaum, wo ich nicht störte. Der Vorteil für mich: Von hier aus entging meinen scharfen Kateraugen nichts!

Und Frauchen war richtig fleißig! Sie holte alle möglichen Sachen aus ihren Schränken, erst aus den oberen, und nun machte sie da vorne die Tür auf!

Jetzt schaffte ich es aber doch irgendwie nicht länger, auf meinem Plätzchen zu bleiben. Ich musste da mal mit reingucken! Vielleicht konnte ich ihr sogar helfen?

Ich pirschte mich zunächst von hinten an den großen Schrank heran, den Frauchen gerade geöffnet hatte. Die Tür war wirklich so groß und lang, von oben bis unten, dass sie bis zu mir auf den Boden reichte! Ideale Katerbedingungen also! Und direkt vor mir ging's in den Schrank hinein – vielleicht nicht nur zum Schauen …? Ich überlegte dann auch nicht lange. Mit einem Überraschungssprung unter Frauchen her und durch ihre Beine hindurch hatte ich mein Ziel erreicht! Man könnte auch sagen: ich saß jetzt genau mitten *drin* im Geschehen. Und dafür waren ein paar Dosen mehr nun halt *draußen!*

Die Dosen machten schon etwas Krach, als sie Frauchen so entgegenkamen. Aber ich war so fasziniert von all den guten Dingen hier drin, dass ich mich noch nicht einmal sonderlich erschreckte. Außerdem hätte ich zur Flucht wieder an Frauchen vorbei gemusst. Das war jetzt allerdings nicht mehr so gut möglich!

Frauchen hatte sich nämlich von ihrem Schreck anscheinend ebenfalls schon wieder erholt und – man könnte es auch so ausdrücken – sie war nicht sehr erfreut. Sie raunzte mich doch tatsächlich sogar an! Und nahm mich gar nicht so liebevoll wieder aus dem Schrank heraus! Alle Anstrengung umsonst.

Fürs Erste musste ich sogar auf den Flur zurück. Und die Tür machte Frauchen auch noch zu!

Ich nahm mir vor, beim nächsten Mal geschickter zu sein. Sollte sich die Gelegenheit wieder ergeben, wollte ich mal versuchen, ob ich den Schrank auch von innen besichtigen konnte, ohne dass die von Frauchen so heiß geliebten Dosen herausfielen.

Und nach einer Weile merkte Frauchen dann auch etwas – nämlich, dass Backen ohne mich nur halb so schön war. Jedenfalls ging die Küchentür wieder auf, und ich stolzierte abermals hinein und begab mich natürlich sofort zurück auf meinen Thron. Dort stellte ich fest, dass Frauchen während meiner Abwesenheit noch so einiges hervorhergeholt hatte: Ein Buch lag da, Eier und lauter bunte Dosen mit verschiedenen Inhalten, die so viel versprechende Düfte abgaben, dass es mir nun wieder richtig schwer fiel, ruhig hier oben sitzen zu bleiben.

Aber ich musste Frauchen jetzt erst einmal in Sicherheit wiegen und sie davon überzeugen, dass ich ein braver Mimi sein wollte. Ich wäre sonst bestimmt schneller wieder draußen gewesen, als mir lieb war.

So schnupperte ich nun eben erst einmal nur in der Luft herum, während Frauchen dort vorne werkelte und Päckchen und Tüten aufriss. Oh, dieses Rascheln von den Tüten, das war wohl in der Lage, mich doch wieder schier unbeherrscht werden zu lassen …

Aber ich guckte weiter und roch: Eier waren das jetzt, die da dran kamen, und der Inhalt wurde so wunderbar vor meinen Kateraugen getrennt! Das Knirschen beim Aufschlagen der Eier – dieses Geräusch konnte ich fast lieben!

Und jetzt goss Frauchen auch noch so hingebungsvoll mal in die eine Richtung, mal in die andere Richtung den Inhalt in die halben Eierschalen!

Oh, es war wundervoll! Ich bestand wohl nur noch aus Nase und Augen und Ohren. Und wenn ein Kater erst einmal so weit ist – gehorcht ihm dann der Rest vom Katerkörper noch?!

Mein Katerverstand warnte davor, jetzt unbeherrscht zu werden, weil sonst abermals der Rauswurf drohte!

Es gewann allerdings schließlich doch meine Urkraft – diejenige, die von den unwiderstehlichen Sinneseindrücken geweckt wurde. Und ich gestehe: Gegen dieses Erbe waren die besten Vorsätze auf Dauer völlig machtlos! Ich reckte und streckte mich, beugte mich ganz weit vor – und kippte genau so, quasi in Zeitlupe, vornüber von meinem schönen Thron direkt auf den Boden zu Frauchens Füßen.

Plumps! Ich konnte es gar nicht fassen! Völlig verdutzt guckte ich nach oben.

Und Frauchen nach unten zu mir. Oh – wie die lachte! Lachte die mich vielleicht sogar aus?!

Etwas später holte Frauchen ein Maschinchen aus dem anderen Schrank. Ich kannte dieses Ding, das nur unwesentlich weniger laut war als der grollende Staubsauger. War ich gerade noch froh gewesen, dass Frauchen mich nach meinem Plumps vom Kratzbaumthron nicht rausgeworfen hatte, so half in diesem speziellen Fall nur Flucht – zum Schutz meiner empfindlichen Öhrchen!

Also los, vor die Tür gesetzt und – leise zwar, aber doch eindringlich – zugegeben, dass ich dringend raus wollte!

Frauchen verstand dann auch sofort, und ich verzog mich in meine oberen Gemächer.

Bald darauf hörte ich diese Maschine schon nicht mehr. Sollte ich wieder nach unten gehen?

Nein, da ging das Ding schon wieder an!

Aus, an. Aus, an. Eine ganze Weile setzte sich das so fort. Und dann war Pause.

Immer länger … immer noch … und so weiter!

Wahrscheinlich hatte das Ding jetzt endgültig aufgehört. Gut so!

Ich begab mich also wieder herunter, miaute vor der Tür, die prompt auch wieder geöffnet wurde, und nahm wie selbstverständlich von neuem meinen Platz ein. Inzwischen hatte Frauchen einen eckigen Riesenteller mit Papier und mit braunen Sternen (?) belegt und strich jetzt etwas Weißes auf die Sterne.

Für wen dieser tolle Teller wohl war? Und dieses Ding da, das leise pustende Gerät an der Seite – das verbreitete eine wärmende, wohlige Gemütlichkeit.

Ich sprang nochmals von meinem Platz herunter. Hier unten konnte ja nun wirklich keiner etwas dagegen haben, wenn ich mich mal vor dem warmen Ding auf dem Boden ausstreckte.

Das war allerdings ein Irrtum. Frauchen schickte mich nämlich zur Seite, machte das Riesenmaul von diesem warmen Ding auf und stellte den eckigen Teller hinein, und zwar mit sämtlichen Sternen oben drauf!

Ich konnte es nicht fassen! Was sollte denn das jetzt?!

Der Teller war weg! Einfach abgeschoben!

Und jetzt klapperte Frauchen nur noch mit leeren Sachen da oben im Spülbecken herum.

Dieses *wirklich* Interessante war einfach da drin verschwunden! Der Rest da hinten war für meine Begriffe nur noch langweilig.

Also machte ich es mir doch wieder auf meinem Thrönchen gemütlich und wartete einfach … und wartete …

Ich war schon fast eingedöst, als ein lautes Geräusch meine Kateraugen wieder aufmerksam werden ließ: Frauchen hatte das Riesenmaul vom heißen Gerät wieder geöffnet und balancierte den eckigen Teller mit den Sternen auf der behandschuhten Hand.

Wie das jetzt duftete! Und wie schön das dort oben wieder hingestellt wurde! So zum Greifen nahe ...

Aber wenn ich auch nicht wusste, warum – jetzt mussten wir beide (!) die Küche schon wieder verlassen!

Irgendetwas sollte kühlen, meinte Frauchen zu meinem Leidwesen.

Und das war's dann fürs Erste.

Abends allerdings, als Herrchen nach Hause kam, war es aber schließlich und endlich doch so weit! Und selbst das Warten hat sich gelohnt, kann ich nur sagen! Katerbacktipp!

Sogar die wenigen Krümel, die ich zum Probieren der Sterne abbekam (Frauchen und Herrchen meinten zwar, es seien ganz schön viele, die ich da kriegte), reichten aus, um mich in ein solches Wohlgefühl zu versetzen, dass ich vor lauter Genuss sogar schmatzte, wie beide lachend feststellten ...

Hmmmmm!

(Groß-)Eltern-Besuch

Es war wieder Sonntag. Der zweite Advent!

Ich sah es heute Morgen ganz genau: Es waren jetzt zwei von diesen Kerzen angezündet! Am Adventskranz wurde es heller – und die Kerzen weniger. Denn die wurden interessanterweise immer kleiner, je länger sie brannten.

Aber das bedeutete auch, dass Weihnachten näher kam. Wie doch die Zeit verging!

Und ich war mächtig gespannt auf dieses Fest, dem alle so entgegenfieberten und das mein erstes Katerweihnachten sein sollte.

Derweil saßen Frauchen und Herrchen wieder in so trauter Zweisamkeit um den Sonntagmorgen-Frühstückstisch herum, und ich hatte mein Thrönchen besetzt.

Fasziniert schaute ich ins Kerzenlicht. Das schien Frauchen sehr zu gefallen! Sie meinte zu Herrchen, dass ich Kerzenschein in den Augen hätte! Ich fragte mich zwar, wie der da rein gekommen sein sollte, aber sie sah mich dabei so liebevoll an, dass ich mir das gerne sagen ließ.

Und ich meinerseits machte auch so ein einmalig katerhaftes Mimi-Gesicht, dass ich Frauchens Herz wohl vollends zum Schmelzen brachte und mir natürlich den nächsten Extra-Leckerchen-Drops sicherte.

Ich bedankte mich standesgemäß mit einem Schlecker über die Geberhand, wofür ich prompt noch einen Drops bekam!

Hmmm, lecker!

Frauchen bekam noch einen Abschlecker über die Hand und ich – was soll ich sagen – wurde wieder belohnt! Feines Spiel!

Und weil mir das so viel Spaß machte, leckte ich ihr – sie war halt so schön nah – mal über das große Ding da, über die Nase, mitten hinein in Frauchens Gesicht!

Richtig versonnen blickte Frauchen da drein! Und ich glaube, ich habe Frauchen dann auch so versonnen angeschaut – jedenfalls bekam ich noch einen Drops.

Von da an erinnerte sich Frauchen immer besonders gern an diesen zweiten Adventssonntag, wo ich sie – wie sie immer gern erzählte – das erste Mal *geküsst* hätte ...

Irgendwann war dann aber doch Schluss mit den Dropsen, und Frauchen setzte sich wieder an den Tisch. Ich schaute von neuem in das Flammenspiel auf dem Kranz, hütete mich aber, auch nur zu versuchen, dem Ding von Adventskranz noch einmal so nahe zu kommen wie am letzten Anzünde-Sonntag.

Für später, zur Kaffeezeit, hatte sich Besuch angemeldet. Ich war schon bei den ersten erkennbaren Vorbereitungen von Frauchen und Herrchen genügend darauf eingestellt, wusste aber leider noch immer nicht so ganz genau, wer kommen sollte.

Als dann das Auto vorfuhr, war mir aber sofort klar, um wen es sich handelte: Herrchens Eltern!

Meine Begeisterung und auch meine Erwartung stiegen. Herrchens Eltern brachten nämlich immer die interessantesten Gerüche mit!

Von meinem Platz vor dem Flurspiegel aus beobachtete ich, wie die beiden auf unser Haus zugingen. Höflich, wie ich bin, sprang ich natürlich schnell von meinem Plätzchen herunter und eilte noch vor dem Klingeln zur Haustür.

Frauchen und Herrchen kamen aus dem Wohnzimmer. Von dort duftete es aber auch schon so verführerisch! Ich tippte auf die Sterne von gestern – dass die da wohl irgendwo zu finden waren, vermutlich auf einem fein gedeckten Tisch neben dem Adventskranz. Und wie es der Zufall wollte: Die Wohnzimmertür war nicht so richtig geschlossen, sie lehnte nur an – ich konnte es genau sehen!

Jetzt musste ich mich blitzschnell entscheiden: entweder abwarten, was es hier auf dem Flur bei der Begrüßung Spannendes geben könnte, oder mich schnellstens ins Wohnzimmer begeben, um mich auf die Suche nach dem leckeren Naschwerk zu machen!

Ich entschied mich natürlich für das Wohnzimmer und schlüpfte, fix wie nix, durch die Wohnzimmertür. Nur eine kurze Orientierung war nötig, und ich wusste schnurrhaargenau, wo die Zimtsternchen standen, die dafür sorgten, dass mir die Spucke schon im Mäulchen zusammenlief. Es war dann auch nur ein kleiner Sprung vom Stuhl auf den Tisch nötig. Dabei hatte ich mich natürlich vorher genauestens vergewissert, dass die Kerzen am Adventskranz noch aus waren. Erfahrung macht eben klug!

Und Zimtsterne, die sind köstlich – dachte ich noch, als auf einmal schon Frauchen das Zimmer betrat!

Hatte die es aber dann plötzlich eilig! Und ich daraufhin auf einmal auch!

Entsprechend hieß es nun: Altes Spiel, neues Glück! Wer war hier schneller, sie oder ich?

Aber ich wusste in der Eile auch gar nicht so genau, wohin. Schließlich preschte ich zur Tür hinaus, am sprachlos staunenden Besuch vorbei und durch den Flur ins Treppenhaus – auf, auf, schnellstens nach oben mit wenigstens diesem einen Sternchen im Maul!

Wenigstens das hatte ich gerettet!

Als das Sternchen aufgefuttert war, da schlug dann allerdings doch so langsam, ganz langsam auch mein schlechtes Gewissen. Wenigstens so ein ganz klein wenig.

Und außerdem war es nach kurzer Zeit wirklich langweilig hier oben!

Kleinlaut schlich ich mich also nach einer Weile wieder die Treppe herunter in der Hoffnung, dass sich die Gemüter inzwischen beruhigt hatten.

Ob's am Besuch lag, der ein gutes Wort für mich einlegte – danke! – oder am Adventssonntag und der dazugehörigen Stimmung oder an allem zusammen ... jedenfalls durfte ich nach höflichem Eintrittsverlangen – sprich: Klopfen mit den Pfötchen an die Glastür und leisem, liebbittendem Miauen – wieder hinein! Und ich war dann, wie man sich denken kann, auch wirklich ganz, ganz lieb ... Meinten die Menschen jedenfalls und ließen mich schön in Ruhe – auch, als ich mich an diese duftenden Schuhe vom Vater von Herrchen legte.

Ich beschäftigte mich natürlich näher und ausführlicher mit diesen Tretern. Die hatten so nette Schnürbänder!

Noch lachte der Besuch herzlich, als ich meine Kräfte daran ausprobierte – bis ich es geschafft hatte!

Triumphierend zeigte ich dann auch mein Ergebnis der Öffentlichkeit. In meinem Mäulchen mit den schönen spitzen Zähnchen trug ich nämlich nun, würdevoll geschmückt, ein etwa zehn Zentimeter langes Stück von Herrchen-Vaters Schnürsenkelband! Ich war extrem stolz, und *so* stand ich vor der ganzen Kaffeegesellschaft.

Angesichts der Miene von Herrchens Vater, die gelinde gesagt, Ärger ausdrückte, konnte ich von Glück sagen, dass Frauchen mich ganz schnell rausschickte ...

Aber hinterher haben alle wieder herzlich gelacht. Und gestaunt, dass ich schon so stark war! Das war schön ...

So ging ein ereignisreicher zweiter Advent zu Ende.

Meine Ideen sind klasse!

Oh, heute war ich irgendwie bereits sehr früh gut gelaunt – schon, als ich aufgewacht war! Von meinem Fensterplatz aus, auf den ich mich um diese Morgenzeit herum gerne setzte, konnte ich immer sehen, wie so früh da draußen noch alles ziemlich dunkel war.

Hier, auf diesem Plätzchen in meinem Zimmer, erwartete ich, gerade jetzt im Advent, gern die Zeit, in der ich das Hochziehen der Jalousien im oberen Bereich hören konnte. Das kündigte mir nämlich an, dass Herrchen oder Frauchen jetzt gerade aufstanden und wenigstens einer von ihnen mir dann gleich meine Frühstücksmahlzeit servierte.

Bis dahin also reckte und streckte ich mich ganz genüsslich, zuerst vorne, dann hinten, und schaute dabei weiterhin, einfach so, aus dem Fenster.

Dort drüben gab es diese große Wiese zwischen den Häusern hinter der Straße. Die war vielleicht interessant! Und ganz besonders um diese Zeit! Mit meinen wunderbaren Kateraugen konnte ich es auch heute bei solcher Dunkelheit noch genau erspähen: Dieser Katerkollege, den ich im Herbst dort draußen kennen gelernt hatte, der war wieder unterwegs! Er hatte es aber wohl nicht so gut wie ich … Musste der doch selbst am Mäuseloch stehen, draufstarren, dann mit einem Sprung ansetzen und sich auf diese Weise sein Frühstück fangen.

Das brauchte ich ja, wie gesagt, zum Glück nicht! Obwohl die Wiese auch für mich interessant war – immer ein Abenteuer, wenn ich da drauf durfte!

Das erlebte ich aber wegen der Straßen hier, die wohl zu gefährlich für mich waren, seltener. Und vorher musste ich dann immer diese Prozedur von Angeschnallt-werden in dieses Katzenausführ-Geschirr über mich ergehen lassen.

Na ja, mit der Zeit hatte ich mich auch daran gewöhnt und stellte mich ab und zu sogar schon mal freiwillig unter die Garderobe, wo die gute Leine hing, und forderte dann auch durchaus unmissverständlich Herrchen und Frauchen auf, mit mir rauszugehen. Jawohl, so war ich!

Daher beobachtete ich in dieser frühen Morgenstunde meinen Kameraden da hinten ganz genau: Was tat er? Fing er etwas? Und was dachte der wohl? Dabei stellte ich mir manchmal auch mit einem etwas unguten Gefühl vor, wie er Nachbars Kater Sylvester – dem Ober-Reviertiger hier – begegnen musste. Der hatte nämlich ein Gemüt, das war nicht immer so wirklich sonnig! Vor dem musste selbst ich mich gehörig in Acht nehmen!

Und notfalls vertraute ich in solchen Fällen auch dem, der da am anderen Ende meiner Leine war: halt meinem menschlichen Retter!

So kann man sich vorstellen: *Ich* war diesem Tier dort hinten in der Wiese mit dermaßen Gedanken inniglich verbunden! Katersolidarität dem Oberkater gegenüber sozusagen! Das machte mir die Samtpfote da sogar auch über die Entfernung hinweg ziemlich vertraut.

Und in Gedanken erzählte ich ihr auch schon mal von Weihnachten und meiner Adventszeit – jedenfalls so viel, wie ich bis jetzt davon wusste.

Vielleicht konnten wir uns beim nächsten Treffen ja mal über *seinen* Kateradvent unterhalten?

So hing ich meinen Gedanken und Ideen nach, bis Herrchen mit dem Futternapf kam. Ich begrüßte ihn kurz – das musste ja sein – und begleitete sein Tun mit beifälligem Miauen: wie er mein Wasserschälchen

säuberte – er machte das gut, vielleicht ein wenig langsam, aber schon gut –, wie er mein Futterschälchen reinigte – auch das machte er prima – und wie er dann das mitgebrachte Futter draufstreute … Ich konnte die leckeren Dropse, die es heute gab, kaum erwarten!

Miauuu! Ein wundervolles Geräusch, mit dem diese Dinger in meinen Napf purzelten! Und ab und zu strich ich Herrchen dabei ganz nah an Beinen und Füßen entlang. Meinen Schwanz stellte ich vor lauter Freude in solchen Augenblicken auch so schön hoch, wie ich nur konnte, und dazu schnurrte ich noch tief und vernehmlich.

Schnuuurrrr …

Mein Wohlbehagen beim Anblick der verlockenden Mahlzeit wollte ich Herrchen schon kund tun! Als Dankeschön sozusagen, weil er seinerseits doch so gut für mich sorgte – und weil ich wusste, wie Herrchen das liebte.

Aber wie Liebe an den Füßen ihre *optimale* Wirkung entfalten konnte, dafür entwickelte ich an diesem Adventstag eine – na, sagen wir mal – zündende, Reaktionen freisetzende, katergenial einmalige Idee!

Ich strich nämlich unablässig weiter um Herrchens Füße, rieb meinen Kopf an seinem Bein und noch etwas tiefer. Es war doch Advent! Die Zeit, in der alle so freundlich sind … Und mit meiner guten Laune wollte ich das heute Morgen eben besonders deutlich machen und Herrchen zeigen, wie sehr ich ihn mochte.

Der hatte sich das bestimmt verdient! Vor allem, wo er es heute früh offenbar so eilig mit dem Herunterkommen und dem Napffüllen gehabt haben musste, dass er sich anscheinend nicht einmal Zeit dafür genommen hatte, sich Socken an die Füße zu ziehen. (Zum Geruch von Herrchens Füßen sage ich vielleicht mal nichts …) Er hantierte da oben immer noch.

Ich strich mit meinem haarig weichen Köpfchen nun wieder ganz, ganz zärtlich über seine Füße – und siehe da, prompt gab es die Reaktion!

Herrchen quietschte leise auf, zog den Fuß hoch, und eine kleine Extraladung Futter ergoss sich in meinen Napf.

Noch einmal probiert: Köpfchen zart, ganz zart an seinem großen Herrchenfuß reiben – dabei so leicht schräg ansetzen, dass meine Härchen etwas senkrechter an ihr Ziel kommen …

Ja!

Es kam wieder ein Quietschen, diesmal etwas lauter, der Fuß wurde blitzschnell weggezogen, und aus der offenen Dropsedose, die er in der anderen Hand hielt, prasselte ein kleiner Dropse-Regen auf die Arbeitsplatte, den er aber leider schön wieder einsammelte.

So, jetzt war's genug. Ich stupste Herrchen noch einmal leicht. Und wer sagt's denn: Herrchen trat fein zur Seite und gab mir das Futter! Bevor ich mich über meinen prall gefüllten Napf hermachte, blickte ich schnell noch mal zu ihm auf. Und da schmunzelte Herrchen so köstlich, dass ich wusste: Er hatte mich doch glatt durchschaut! Aber er war mir gar nicht böse. Im Gegenteil! In seinen Augen war so etwas Liebevolles …

Da schmeckte mir mein Futter noch mal so gut! Liebe geht eben doch durch den Magen – und in meinem Fall: *in* den Magen – in diesem *speziellen* Fall sogar zunächst über Herrchens Füße!

Weihnachtssterne einmal anders

Heute war ein Tag wie jeder andere – oder vielleicht auch nicht, weil ja immer noch Adventszeit war. Wartezeit eben.

Tja, jedenfalls gab es nun einen Morgen, der für meine Begriffe zuerst einmal ziemlich langweilig verlief. Und das Wetter war genauso grau und etwas dunkel. Trübes Winterwetter halt.

Als ich dann aber nach Frauchens und Herrchens Frühstück ins Wohnzimmer durfte, da erinnerte ich mich wieder:

Gestern Abend war ich doch tatsächlich nicht erwünscht gewesen in diesem Wohnzimmerraum! Nein! Da hatte es offenbar Besuch gegeben, dem meine Anwesenheit nicht zugemutet werden sollte!

So richtig verstanden habe ich das allerdings nicht, das gestehe ich gerne. Aber es gab anscheinend doch Menschen, die uns Katzen zwar auch mochten (wie mir Frauchen ganz fest versicherte), die aber wohl nicht richtig gesund waren. Jedenfalls mussten sie vorsichtig sein, dass sie in Katzennähe nicht krank würden, und dazu gehörte eben, dass alle Katzenartigen aus ihrer Nähe – klar ausgedrückt – verschwinden sollten!

Also musste ich mich gestern am späteren Tage in mein Schicksal fügen und habe einen mehr oder weniger ausgeruhten Abend in den oberen Regionen des Hauses und bei Herrchen am Computer verbracht. Der hat oben ebenfalls seinen Rückzugsplatz, und den nutzt er auch liebend gern, vor allem dann, wenn Besuch nur für Frauchen da ist. Er beschäftigt sich in solchen Fällen mit seinem Lieblingsspielzeug, diesem Ding, auf das er ganz gebannt draufstarrt und irgendwelche Sachen mit den Fingern antickt. Das macht feine Geräusche, und so ganz nebenbei juckt es mich auch immer in den Pfoten, mal nach seinen Fingern zu schnappen oder mitzutippen. Ich werde aber meistens ganz schnell zur Seite geschoben oder einfach nur zurückgesetzt auf meinen Heizungsplatz, den ich dort oben auch innehabe.

Doch ab und zu wird's richtig interessant für mich! Dann spuckt nämlich dieses andere Ding da auf seinem Schreibtisch Blätter aus! Und vorher blinkt es so schön und rauscht und schiebt das Blatt so ganz langsam in meine Richtung …
Ich sitze nämlich schon beim ersten Anzeichen von Blätterausspucken direkt vor diesem klasse Teil! Das lasse ich mir nicht entgehen!

Man kann sich ja denken, dass ich gerne auch schon mal nachhelfe, damit das Blatt ein wenig schneller da vorne herauskommt … Das mache ich natürlich nur in der besten Absicht! Ich verknicke die Dinger ja nicht extra!

Herrchen ist anschließend meistens nicht so begeistert, und das Spielchen – das er *Ausdrucken* nennt – wird idealerweise für mich noch einmal wiederholt. Dabei behält mich Herrchen dann allerdings scharf im Blick! Schade eigentlich.

Gestern Abend war es mir da oben aber irgendwie schon allzu langweilig, nur zuzusehen und auch noch zu wissen, dass dort unten im Wohnzimmer jetzt bestimmt mehr Abwechslung gewesen wäre – wenn ich nur mit rein gedurft hätte! Als Ausgleich erwartete ich hier oben entschieden mehr Unterhaltung!

Herrchen schien das aber (noch?) nicht so klar zu sein. Nein, der achtete gar nicht auf mich! Murmelte irgendwas von *Adventsstern-Vorlagen-Ausdrucken* … Die sollten für Frauchen sein.

Für mich war das aber völlig uninteressant! Dementsprechend empfand ich dann auch die Notwendigkeit einer Abhilfe als sehr dringend. Ich überlegte: Einerseits könnte ich Herrchen wieder auf den Rücken springen – so als Überraschungsangriff. Meine kleinen Helferchen, diese schön gepflegten Krallen da unten an meinen Pfoten, die müsste ich dabei schon gut ausfahren, um den gesamten Rückenberg von Herrchen bis direkt zum Hals erklimmen zu können. Diese Idee war aber in ihrer Ausführung erstens sehr anstrengend und zweitens war mir gerade gestern Abend nicht wirklich klar, ob mein Herrchen dafür genügend Humor aufbringen konnte.

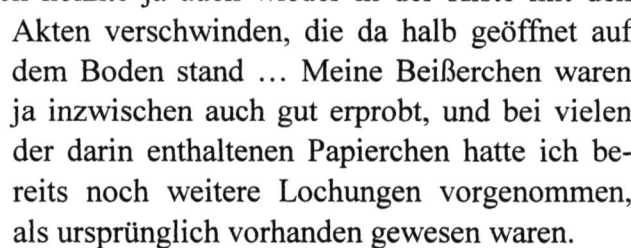

Meine zweite Idee: Ich könnte ja auch wieder in der Kiste mit den Akten verschwinden, die da halb geöffnet auf dem Boden stand ... Meine Beißerchen waren ja inzwischen auch gut erprobt, und bei vielen der darin enthaltenen Papierchen hatte ich bereits noch weitere Lochungen vorgenommen, als ursprünglich vorhanden gewesen waren.

Aber das alles reichte mir irgendwie noch nicht.

Etwas unentschlossen bin ich dann von hinten zur Steckdose unter den Computerschreibtisch mit den riesig vielen Kabeln gekrochen und habe die Kabel etwas näher in Augenschein genommen. Die waren ziemlich dick und, wie ich mit einem Pfotenstupser feststellte, nicht sonderlich beweglich. Aber einige darunter waren dünner und erinnerten mich irgendwie an etwas – an Mäuseschwänze vielleicht?

Und – was soll ich sagen? Nach einigem Ausprobieren hatte ich ein Kabel gefunden, das ich tatsächlich doch bewegen konnte! Ich zog, und oben auf dem Schreibtisch tat sich daraufhin wirklich etwas! Zuerst natürlich nur ein ganz klitzekleines Bisschen ...

Herrchen auf der anderen Seite des Tisches hatte anscheinend auch gar nichts gemerkt. Meinen Kateraugen war das Ergebnis der Aktion aber ganz und gar nicht entgangen! Entschlossen zog ich jetzt natürlich weiter ...

Ruck! Wieder näherte sich das Ding schon ein beträchtliches Stück mehr in meine Richtung – und zur Tischkante natürlich!

Jetzt guckte auch Herrchen auf. Staunte – und guckte! Und lachte plötzlich lauthals los.

Jetzt war *ich* allerdings etwas irritiert. Ich wollte angesichts dieser komischen Reaktion noch schnell meinen Platz verlassen und mich ein bisschen in Sicherheit bringen, als mit einem ziemlichen Knall fast zeitgleich und endgültig das Ding vom Schreibtisch ganz heruntersprang. Ich hatte es wohl ein bisschen mitgerissen.

Und Herrchen? Der lachte jetzt noch viel lauter!

Ja, bei meiner Katerpfote, was war denn bloß los?

So ähnlich hat dann Frauchen von unten auch aus dem Wohnzimmer hochgerufen: was denn da oben los sei?! Und Herrchen hat glucksend heruntergerufen:

»Unser Mimi hat gerade seine erste Maus gefangen! Meine Computermaus! Ist halt ein intelligentes *männliches* (das Wort hat er dabei so merkwürdig betont) Tierchen!«

Und er hat dann noch kräftig weitergelacht – »ha, ha, ha« – und Frauchen und ihr Besuch von unten her auch.

Meine Vorstellung von einer Maus war da bis jetzt eine etwas andere gewesen, jedenfalls nach dem, was mir meine Mama aus ihren Erfahrungen hatte erzählen können. Aber das spielte weiter keine Rolle – Hauptsache, ich hatte in Herrchens Augen mal wieder irgendwas richtig klasse gemacht!

Heute lag Herrchens Ergebnis des gestrigen Abends nun hier auf dem Wohnzimmertisch: die Vorlagen für die Adventssterne. Ich musste dann aber wieder noch bis fast zum Ende des heutigen Abends warten, bis auch mit diesen Vorlagen etwas passierte. Frauchen hatte sich dann dafür nämlich eine Schere und Papier geholt! Und so eine komische Flasche stellte sie auch noch dazu. *Die* allerdings roch nicht wirklich richtig gut!

»Klebe«, erklärte Frauchen mir, als mein Kater-Gesichtsausdruck nur allzu deutlich meine Abneigung zeigte.

Klebe! Die kannte ich bis jetzt auch noch nicht.

Interessiert sah ich Frauchen nun zu. Wie Basteln ging, wusste ich ja noch vom Adventskranz-Schmücken.

Und wie ich so guckte – da brauchte ich jetzt aber tatsächlich gar nicht einmal nachzuhelfen –, fiel gerade und in diesem Augenblick wie von selbst jede Menge Gelbes herunter! Und das mit fast jedem Schnitt, den Frauchen mit der Schere tat! Lauter Schnipsel!

Dass die alle auf einer Stelle landeten und dort so liegen bleiben sollten – das sah ich dann aber irgendwie nicht ein …

Ich stupste den ersten Schnipsel an: Ping! Hei, wie der wegflog auf dem glatten Boden! Pfeilschnell war der!

Klar, dass ich in Fahrt kam. Und dementsprechend sah bald der ganze Boden aus: gelbe Sprenkel, gut verteilt!

Frauchen merkte nichts. Sie war ganz in Gedanken versunken und mit dem Schneiden beschäftigt – bis sie schließlich stolz ein Papierteil in die Luft reckte und mir freudig mitteilte, dass *das* ihr schöner Stern geworden sei!

Dass auch ich nicht faul gewesen bin und auf meinen schönen Sprenkelboden mindestens ebenso stolz war wie Frauchen auf ihren Stern, das wurde wohl auch bemerkt. Aber, um die Wahrheit zu sagen: Frauchen war wenig begeistert.

Na ja, wir haben hinterher in trauter Zweisamkeit alle Schnipsel wieder eingesammelt. Will heißen: Frauchen hat sie aufgekehrt, und ich – ich habe so ganz nebenbei ein paar versteckt und später – oh, siehe da! – unter dem Sofa wieder hervorgeangelt.

Als dann Herrchen kam, hat auch er zur Genüge den gebastelten Stern von Frauchen bewundert, und wir saßen anschließend alle noch gemütlich im schönen Wohnzimmer und ließen es uns gut gehen. Ich für meinen Teil wurde dabei super verwöhnt mit Streicheleinheiten und einer leckeren Abendmahlzeit.

Advent war wirklich prima!

11

Ein klasse Regenwetter-Adventstag

Ein neuer Adventstag fing an – mit einem altbekannten Geräusch: Es prasselte und tackerte gegen meine Fensterscheibe! Ich hatte es mit meinen feinen Öhrchen schon längst wahrgenommen, selbst, als es mich im Schlaf noch so prima einlullte. Ich war aber auch müde gewesen nach dem gestrigen Tag!

Und trotzdem: ein bisschen Recken und Strecken, und dann – schwupps – hatte ich mich schon auf meine Fensterbank begeben. Von hier aus konnte ich das Geschehen nämlich am besten verfolgen.

Es gab da dicke, allerdickste Regentropfen, die von draußen immer hübsch von oben nach unten über meine Scheibe kullerten. Und immer wunderbar direkt vor meiner Nase her!

Diesen Körperteil streckte ich dann auch so weit wie möglich der Fensterscheibe entgegen. *Drauf* drückte ich ihn aber lieber nicht, denn das war mir entschieden viel zu kalt.

Und ich muss sagen, es war wirklich Winter! So, wie Frauchen ihn mir erklärt hatte.

Noch vor kurzem, im Herbst, war das ganz anders gewesen. Da war die Scheibe morgens sogar etwas angewärmt, und zwar von den Sonnenstrahlen, die genau auf mein Fenster trafen.

Trotzdem machte es mir jede Menge Spaß, schon auf nüchternen Magen, von hier drinnen genauso an die Fensterscheibe zu klopfen, wie von draußen geklopft wurde. Das Ganze funktionierte folgendermaßen:

Ich platzierte mich schön auf mein Hinterteil, und mit den Vorderpfoten ditschte ich immer zielgerade von hier drinnen gegen den nächsten draußen ankommenden Tropfen. *Ditsch!* Und noch einmal: *ditsch!*

Anschließend musste ich natürlich gucken, wo sie hinflossen, die gedischten Tropfen! Ganz schnell setzte ich dann meistens noch einmal nach.

So ging das Spielchen!

Regentropfenfangen spielte ich gerne! Damit ließ sich herrlich die Zeit vertreiben, bis die morgendliche Fütterung an der Reihe war.

Danach war heute das Nasse da draußen immer noch so schön gleichmäßig, und im Fallrohr von der Dachrinne an der Mauerwand plätscherte es auch ganz prima. Ideal geeignet als Hintergrundgeräusch, um sich erst noch mal ein kleines Nickerchen zu genehmigen, dachte ich.

Und das tat ich dann auch!

Später spielte ich noch ein wenig auf dem Flur. Dabei kriegte ich wohl mit, wie Frauchen sich fertig machte und den Schirm aus dem Ständer nahm.

Haustür zu und weg war sie!

Das war *meine* Zeit! Jetzt konnte ich ungestört weiter ausprobieren, ob die künstliche Tannenbaumgirlande, die da im Treppengeländer nach oben hing, immer noch meinen Versuchen standhielt, sie ein bisschen anders zu platzieren.

Hei, wie das manchmal piekte! Und ein wenig fiel auch schon einmal herunter. Das kickte ich dann die gesamte weitere Treppe hinab! Damit der Keller auch etwas Adventliches hätte …

Zur Erholung schlabberte ich gerade ein bisschen Wasser in meinem Räumchen, als ich plötzlich stutzig wurde.

Ich sprang auf meinen Fensterplatz: Beim Nachbarn tat sich was! Der hängte etwas über diesen kleinen Baum da, der genauso pieksig aussah wie das Grüne von unserem Adventskranz.

Der Regen hatte inzwischen aufgehört.

Feine Bänder hatte dieser Mensch dort! Irgendetwas baumelte noch an den Bändern. Und viel Mühe schien sich dieser Mann ebenfalls zu geben.

Er versteckte nämlich alles schön in diesem Bäumchen. Wer das wohl nachher suchen durfte?

Der Gute da vorne wusste bestimmt nicht, dass ich ihn genau beobachtet hatte. Aber ich war ja schlau! Beim nächsten Spaziergang würde ich Frauchen dann schon zeigen, wo wir beim Nachbarn etwas finden könnten!

Und wie ordentlich der weiterwerkelte. Der war mir glatt sympathisch!

Als er fertig war, betrachtete er versonnen sein Werk – mit demselben Ausdruck im Gesicht wie Frauchen und Herrchen, wenn es um Advent und Weihnachten ging.

Ich hockte noch eine ganze Weile da und schaute zu, wie er um das Bäumchen herumging und hier und da etwas zurechtzupfte.

Die Auflösung für das Bänderversteckspiel kam dann allerdings auch postwendend, als es am Nachmittag so langsam begann dunkel zu werden. Ich saß wieder vor dem Fenster, beobachtete das Geschehen draußen und wartete so ganz nebenbei auch auf Frauchen.

Da schienen mit einem Mal beim Nachbarn tausend Sterne anzugehen! Direkt im Garten! So hell, so wunderbar leuchtend!

Und genau in dem Stachelbäumchen, in dem der Nachbar die Bänder mit den Dingern dazwischen versteckt hatte!

Ich war restlos perplex. Wirklich wunderschön war das! *Das* war bestimmt für Weihnachten gemacht. So etwas Tolles konnte nur damit zu tun haben!

Auch mir wurde ganz hell und warm um mein Katerherz, und ich war immer noch ganz verzückt, als Frauchen wiederkam.

Tja, und was musste ich anschließend zu meiner Freude auch noch feststellen? Frauchen hatte eine weitere Überraschung parat! Ich erkannte es genau. Geheimnis war nicht mehr möglich! Frauchen trug da unter dem Arm nämlich so ein großes Paket, auf dem genau dasselbe Bänder-Sternen-Leuchtteil war, wie der Nachbar es versteckt hatte!

Ich war hingerissen. Frauchen kannte meinen Geschmack wirklich nur zu gut!

Dann merkte ich noch etwas: Frauchen hatte ihren Schirm, der ja von vorhin noch nass sein musste, gar nicht draußen gelassen! Nein, nun spannte sie, ganz gegen ihre Gewohnheit, diesen Schirm erst einmal auf und stellte ihn dann – oh, danke! – hier bei mir direkt auf den Teppich im Eingang ab. Und das war *mein* Bereich, den ich normalerweise für *mich* beanspruchte!

Jetzt stand er da, der Schirm. Dem war es draußen wohl auch zu kalt!

Oder war der Schirm jetzt wohl für mich?!

Meine letzten Zweifel verflogen endgültig, als Frauchen sich auf den Weg in die Küche machte, und ich nutzte natürlich die Gelegenheit, mich an den wundervollen Gerüchen, die von diesem Schirm ausgingen, zu erfreuen.

Und nass war der wirklich noch! Ich ditschte ihn mit der Pfote vorsichtig an, und er bewegte sich. *Ditsch!* Das Ganze noch ein paar Mal, und der Schirm hatte das Ende des Teppichs erreicht! Dabei war er ein bisschen in Drehung gekommen und gab jetzt den Blick auf seine nächste, mir bislang verborgene Spielmöglichkeit frei. Dieses Bändchen da, das Frauchen immer um den geschlossenen Schirm drehte, das baumelte jetzt direkt vor meiner Nase! Ich sorgte nun mal dafür, dass es noch mehr ins Baumeln geriet ...

So ging das – oh, welch ein Vergnügen! – eine ganze Weile. Dabei drehte sich der Schirm dann aber irgendwann wieder und begrub das Bändchen erneut unter sich.

Spiel vorbei! Schade zwar, aber ich war nun auch etwas ermüdet.

Und so legte ich mich im Schutz des großen Schirmes schön gemütlich auf meinen Teppich …

Als Herrchen etwas später das Haus betrat, lag ich immer noch da. Herrchen konnte aus seiner Perspektive von dort oben allerdings nur den geöffneten Schirm sehen. Mich bemerkte er nicht.

Da half ich dann schon gerne etwas nach! Ganz langsam, ganz vorsichtig pfötelte ich mit meinem Füßchen nur so ein bisschen unter dem Schirm her – so!

Und dann ging alles rasend schnell. Als meine Pfote in Herrchens Blickfeld kam, machte er einen entsetzten Sprung und kreischte auf. Hatte ich den aber erschreckt! Und ich bin mit neuem Geschwindigkeitsrekord die Treppe raufgeflüchtet!

Da war Herrchen aber schon wieder beruhigt und hat ganz herzlich gelacht: »Mimi«, hat er geprustet, »hast du mich vielleicht erschreckt! Wer kann denn ahnen, dass du dich da unten beschirmen lässt?! Wie kommst du nur auf solche Ideen?!«

Tja, komme ich halt!

Aber wer hier wen erschreckt hat, das war wohl noch die Frage. Herrchen sah das wohl ein und spendierte mir eine Extra-zwischendurch-auf-den-Schreck-Portion, die ich schmatzend zu mir nahm, während er mit Frauchen zu Abend aß. *Das* war gemütlich!

Und die zwei Adventskerzen brannten auch wieder so schön.

Über Geschmack lässt sich streiten

Dass die Adventszeit Backzeit war, das wusste ich nun schon. Frauchen aber konnte überhaupt nicht mehr damit aufhören, und heute war sie schon wieder in ihrem Element. Vielleicht steckte meine Begeisterung sie ja an?

Jedenfalls durfte ich gleich mit in die Küche und bei den Plätzchen helfen – na, wenigstens zusehen.

Es ergab sich hier allerdings leider nicht die geringste Möglichkeit für mich, noch einmal in den großen Schrank zu huschen! Frauchen hatte sich wohl erinnert, und besagte Tür war nach dem Öffnen jedes Mal viel schneller wieder zu, als ich überhaupt eine Chance hatte, mich vielleicht nur so ein kleines Bisschen heranzupirschen.

Die Zutaten, die Frauchen herbeiholte, waren komischerweise auch ganz andere. Der Geruch von all diesen Sachen hier war nämlich noch lange nicht derselbe wie sonst beim Backen – das war ganz Kater-Nasen-eindeutig!

Als dann doch beim Öffnen von so einer Packung Frauchen einige Teile auf den Boden fielen, da war ich natürlich der Schnellere von uns beiden und wollte gleich herzhaft zubeißen.

Aber – von *dem* Zeug habe ich wirklich rein gar nichts, aber auch überhaupt nichts probiert! Schon der Geruch war für mich nur: *uääh!*

Offensichtlich völlig ungenießbar! Und das noch von Weitem – fast zum Umdrehen!

So etwas will bei mir etwas heißen! Schließlich bin ich ja wirklich nicht wählerisch mit meinem Futter. Aber dies hier – das war doch eine Zumutung für unsereinen!

Und so überließ ich es gern Frauchen, den Boden wieder schön sauber zu machen …

Zitrobart, Zitronat oder so ähnlich hieß das heruntergefallene Zeug. Frauchen musste lachen, weil ich das sooo verschmähte.

Sie hatte dann aber kurze Zeit später ein Einsehen mit mir – schließ-

lich bin ich ja ihr einmaliges Kater-tier! Denn dann bekam ich etwas Pas-sendes: einige Zusatz-Katzenfutter-Dropse.

Ich sah das als völlig gerechtfer-tigte Entschädigung an. Oder als Er-satz für diese Dinger da oben! Oder als Dankeschön, dass ich Frauchen zum Lachen gebracht hatte. Oder als kleines Adventsgeschenk … Im Ad-vent kann man sich ja schließlich im gegenseitigen Freudemachen üben!

Diese Plätzchen da oben, die konn-ten die Menschen meinem Katergau-men nach aber ruhig selbst behalten! Die wollte ich ihnen wohl gönnen – meine altbekannten Dropse waren mir da entschieden lieber!

Und bei dieser Devise blieb es für mich heute: Auch Plätzchen wollen erst einmal probiert sein, denn, so meine neue Erfahrung: nicht alle schmecken!

Oder, wie Herrchen immer so treffend sagt: »Die Geschmäcker sind eben verschieden!«

Das störte mich auch nicht weiter. – Hauptsache, ich bekam eine Ration, die *mir* gut schmeckte!

Und dafür war auf meine lieben Menschen hier durchaus Verlass. Ja, die wussten schon, was mir mundete …

Und ansonsten wären sie ja lernfähig, genauso, wie ich heute – da war ich mir Mimi-Kater-sicher!

13

Heute ist Waschtag – oder:
Ich bin ein klasse Hilfskater!

Hei, war das ein Spaß! Der Tag begann aber auch schon so verheißungsvoll! Vor Aufregung ging ich erst einmal hin und her, her und hin. Mehr als einmal stolperte Frauchen über mich und war dann etwas ungehalten. Aber ich konnte nicht anders!

Ich hatte nämlich Kenntnis davon genommen, dass Frauchen wieder einen ihrer extra großen und umfangreichen Waschtage einlegen wollte. Das versprach immer ein ganz besonders interessantes Katererlebnis zu werden! Und heute würde es wohl noch aufregender! Weil doch bald Weihnachten wäre! Da sollte ja alles richtig schön sein!

Wir warteten doch schon so lange und immer noch auf Jesus' Geburtstagsfest. Das musste wirklich ein ganz einmaliges Ereignis sein.

Deswegen wollte Frauchen heute auch überall so adventlich-gründlich säubern. Den Anfang sollte das Bettwäsche-Wechseln machen – das hatte sie bereits angekündigt.

Wo das Bett stand, wusste ich ja schon, und weil das ungeduldige Herumtigern auf die Dauer auch nicht den gewünschten Erfolg brachte, begab ich mich etwas später – dienstbeflissen, wie ich Mimi-Kater nun mal bin – natürlich auf direktem Wege nach oben in Richtung Schlafzimmer. Dort wartete ich wieder – diesmal wirklich ganz geduldig und *vor* der Tür. Sogar ein bisschen seitlich! Damit Frauchen geradewegs hineingehen könnte – und ich hinterher! So dachte ich mir das jedenfalls. Nur mein Schwanz zuckte vor Aufregung leise hin und her.

Als es dann endlich so weit war, spazierte ich – fast wie selbstverständlich – sogar wirklich erst *nach* Frauchen ins Zimmer. Ich muss aber wohl doch ein bisschen übereifrig beim Mithelfen gewesen sein – kein Wunder bei der Energie, die sich in der langen Wartezeit angesammelt hatte!

Jedenfalls konnte ich mich gar nicht so lange nützlich machen – zum Beispiel mit dem Bestaunen von diesen beiden Kisten da, die mich neugierig werden ließen, oder dem Staubflockensammeln unter dem Bett oder dem Mitziehen auf der anderen Seite des Bettlakens (da hab ich ordentlich vollen Körpereinsatz gezeigt!). Ehe ich mich nämlich versah, wurde ich lieb – aber bestimmt! – aufgefordert, das Zimmer wieder zu verlassen.

Frauchen dienerte mir dabei sogar, aber die Verbeugung schien doch ziemlich warnend gemeint zu sein, und sie hielt mir die Tür so weit auf, wie ich niemals je in meinem ganzen noch folgenden Katerleben dick werden könnte.

Eindeutiger ging's nicht! Da half es noch nicht einmal, so ein liebes Katergesicht zu machen …

Obwohl ich genau sah, wie Frauchen schon wieder ein bisschen lächelte … milde gestimmt wurde, sozusagen.

Ich trollte mich also. Was sollte ich schon anderes tun? Und jetzt saß ich hier draußen.

Von drinnen vernahmen meine feinen Lauscherchen, wie Frauchen vor Eifer und Anstrengung leise ächtzte. Selber schuld! Schließlich war *sie* es ja gewesen, die mich nicht mehr mitmachen lassen wollte … Musste sie sich jetzt halt doppelt anstrengen.

Und deswegen miaute ich manchmal so ein kleines bisschen als Mitleidsäußerung … Dann wusste sie wenigstens, dass ich treu hier draußen die Stellung hielt.

Nach einer Weile ging die Tür dann auch wieder auf; Frauchen steckte den Kopf hindurch, orientierte sich kurz, wo ich saß, und dann kam doch tatsächlich ein ganz, ganz großer Wäscheberg direkt um die Ecke geschwungen! Und landete – ohne Frauchen, die verschwand jetzt nämlich wieder im Zimmer – schnurrhaarscharf genau vor meinen Pfoten!

Plumps!

Ich war ziemlich perplex. Wie gut der duftete!

Die Tür ging wieder zu. Drinnen hörte ich es weiter rumoren.

Der Berg hier draußen aber blieb liegen. Ja! Der lag jetzt ganz einfach nur so da!

Was sollte das für mich denn wohl heißen? Könnte ich damit nicht irgendetwas anfangen?

Das hatte doch seinen Grund! Frauchen hatte ja noch extra nach mir geschaut, bevor dieses Ding hier landete!

Ich überlegte. Ich könnte mich oben drauf setzen. Gute Idee – gedacht, getan!

Also erklomm ich den Berg. Der wackelte ein wenig, schwankte und – was soll ich sagen: Ehe ich mich versah, war plötzlich nicht mehr *ich* oben, sondern der Berg! Heißt: ich lag drunter!

Hmhm!

Aber: Gab mir das nicht auch die beste Startposition, mich weiter und tiefer ins Wäscheinnere vorzuarbeiten?!

Und das tat ich dann auch – mit wachsendem Vergnügen! Von außen nach innen und immer schön so weiter! Auf diese Weise eroberte ich Zentimeter für Zentimeter! Ich, Mimi, der Bezwinger des Berginneren!

Wahrscheinlich schnaufte ich jetzt genauso vor Anstrengung, wie Frauchen da drinnen in ihrem Zimmer.

Irgendwann hatte ich es aber zu meiner vollsten Zufriedenheit geschafft. Gefühlter Katerstolz: riesenberggroß!

Nur ein Ohr – das war zur Orientierung durchaus nötig – blieb noch draußen.

Die wunderbarste Höhle meiner Katzenwelt in diesem Haus nannte ich jetzt mein Eigen – die wunderbarste, die *ich* mir denken konnte. Und die duftete auch noch so prima nach Herrchen und Frauchen!

Ich war überglücklich und nach der Anstrengung verständlicherweise mitten in meinem Berg wohl etwas eingedöst, als ich merkte, wie mir mein Gleichgewichtsorgan komischerweise Schwankungen übermittelte. Jetzt war ich vollends wach!

Alarm! Ich schwankte wirklich!

Und ich merkte auch noch, wie ich mit in die Höhe genommen wurde – mitsamt der kompletten Umgebung!

Als ich schnellstens meinen Kopf aus dem Berg herausstreckte, sah ich gerade eben, wie zu allem Überfluss sich jetzt auch der Fußboden unter mir immer weiter entfernte!

Vor Schreck vergaß ich sogar zu miauen. Doch im nächsten Augenblick vernahm ich inmitten des Wäschebergs eine mir vertraute Stimme: »Komisch, was ist denn das so *schwer?*«

Ich streckte den Kopf noch weiter heraus, und zwei verdutzte Augenpaare begegneten sich. Ich weiß nicht mehr, wer ungläubiger gestaunt hat: ich, wie ich so kugeläugig aus der Wäsche geguckt habe, oder Frauchen, die einen halben Katerkopf aus den Bettlaken in ihrem Arm hervorlugen sah.

Jedenfalls reagierte sie genauso wie ich: sie war sprachlos – und zwar ebenfalls völlig!

Und, bei meiner Katerehre: *das* kam allerseltenst vor!

Doch dann spürte ich wieder Leben in mir, und ich sammelte meine wieder erstarkten Katerkräfte, wühlte mich zielstrebig aus dem Bündel heraus – was mich gehörige Anstrengung kostete – und suchte unter weiterer Aufbietung aller noch vorhandenen Kräfte höchst dringendst das Weite!

Neben meiner Katzentoilette im Keller beruhigte sich das Klopfen in meiner wohlgeformten Katerbrust auch wieder, und viel entspannter und recht durchschnittlich langsam machte ich mich auf den Weg in die

Waschküche, wo Frauchen inzwischen herumkramte. Ich kramte dann ebenfalls, in der anderen Wäsche, die da drüben noch lag – aber doch mit respektvollem Abstand, dass ich nicht wieder druntergeriet!

Dabei entdeckte ich tatsächlich diesen einen Socken! Genau so einen, wie ich ihn letzte Woche nach oben gebracht hatte – ohne dass Frauchen davon etwas mitbekam … (Die wunderte sich dann später nur, weil sie meinte, dass sie selbigen doch eigentlich mit in den Keller genommen habe …)

Menschen bei solchen Überlegungen soll ein Mimi-Kater in diesem Glauben lassen – zu dieser Folgerung war ich schon gekommen. Sie sind so schlecht vom Gegenteil zu überzeugen – oder in diesem Fall davon, dass *ich* hier tätig geworden war …

Jetzt aber zog ich das Gegenstück zu ebendiesem Socken hier aus dem Berg und – was soll ich sagen? Ich wurde zuerst gehörig von Frauchen angestaunt, dass ich mit dem Ding da im Mäulchen zum Begucken stand, und dann …

Dann wurde ich gebührend gelobt. Dass ich den Socken wiedergefunden hätte! Ich sei ja *doch* zu etwas zu gebrauchen!

Am Abend bekam Herrchen dann nicht nur leckeren Sahnejogurt aufgetischt, sondern auch noch die Geschichte, wie sein Mimi – also ich – buchstäblich ziemlich dumm *aus der Wäsche geguckt* habe. Und dann erzählte Frauchen auch noch, dass ich anschließend genau das Gegenteil bewiesen hätte – dass ich auf der anderen Seite sogar ziemlich intelligent sein müsse! Ich hätte nämlich einen verlorenen Sockenzwilling wiedergefunden!

Dass Frauchen nicht weniger dumm geguckt hatte, das hat sie korrekterweise in diesem Zusammenhang dann auch wiedergegeben!

Ja wirklich, an diesen Adventsputz werde ich mich bestimmt noch erinnern, wenn ich längst das Opa-Alter erreicht habe und schön träge vom Ausguck meines Kratzbaums herunterblinzele!

Miauuu – Geschenke sind super!

Weihnachten rückte näher! Das konnte sogar ich als Kater, der noch völlig unbedarft gegenüber all den weiteren Adventsereignissen war, eindeutig erkennen! Heute waren Herrchen und Frauchen nämlich ziemlich beschäftigt; ja, man hätte fast den Eindruck gewinnen können, dass sie sich gegenseitig im Beschäftigtsein überbieten wollten.

Herrchen rief zum Beispiel, dass er jetzt einkaufen gehe. Ich dachte an all die feinen Leckereien, die danach bestimmt wieder ins Haus kommen würden.

»Warte«, sagte Frauchen, »ich komme mit! Ich habe noch so viel zu besorgen und wegzubringen.«

Sprach's und ließ wirklich augenblicklich alles stehen und liegen. Und *das* hieß schon was bei Frauchen! Sonst war sie nämlich immer daran interessiert, alles erst zu Ende zu machen.

Und als Frauchen dann auch so ganz nebenbei sagte, sie habe noch ein Geschenk mitzubringen, da wurde Herrchen seinerseits ganz munter und meinte, dann solle sie für ihn doch gleich zwei mitbringen! Worauf Frauchen entgegnete, dass sie schon einige Bestellungen aufgegeben habe …

Dass Herrchen mindestens genau so viele erwartete, ließ er selbstverständlich daraufhin auch gleich vernehmen.

So ging es lustig munter weiter …

Und dann klingelte es! Mitten im Anziehen der beiden!

Was glaubt ein Kater, wenn da draußen dann ein Postbote mit einem kleinen Paket steht? Natürlich: Das ist sicher für mich! Leider zwar etwas klein, aber hoffentlich trotzdem mit Futter oder so etwas Schönem drin!

Und – glaubte der Kater wirklich, was er dann sah?! Frauchen kam nämlich mit dem Paket herein, und noch ehe sie etwas sagen konnte, bekundete Herrchen seinerseits gesteigertes Interesse an eben diesem!

Und Frauchen versteckte das Paket jetzt! Hinter ihrem Rücken!

Ich war natürlich der Schnellere, musste meinen Anspruch auf das Ding da oben doch auch fix geltend machen und guckte jetzt von schräg unten an Frauchen hoch! Herrchen tat das Gleiche – nur von oben und herunter.

Wollte der sich jetzt etwa mit einem Tier wie mir in Schnelligkeit messen, nachdem er das mit dem Übertreffen bei dem menschlichen Frauchen eben auch schon versucht, aber nicht wirklich geschafft hatte?!

Frauchen amüsierte sich darüber, wie wir beide jetzt mit jeder Lageänderung des Paketes, die sie vornahm, ebenfalls unsere Lage änderten und uns um die besten Sichtplätze rangelten. Sie versteckte es dabei rund um sich selbst!

Ich bin natürlich im Nachhinein der Meinung, selbstverständlich der Sieger gewesen zu sein! Herrchen gab nach einer Weile allerdings mit der für mich schurrhaarschmalen Begründung das Spielchen auf, dass man *jetzt mal weiterkommen* müsse …

Für Frauchen war dies das Stichwort. Allerschnellstens verschwand sie mit dem Paket die Treppe hinauf und im Schlafzimmer, und ich folgerte zielgenau: Jetzt gab es dort oben schon *drei* interessante Dinge! Ich wusste nämlich immer noch nicht so ganz genau, wozu die beiden Kistchen, die ich beim Bettenbeziehen im Schlafzimmer erspäht hatte, dort standen … Auch wenn ich mich bis jetzt so geschickt wie möglich angestellt hatte bei den seltenen Gelegenheiten, zu denen ich diesen Raum in der Zwischenzeit hatte betreten dürfen – ich war bisher noch nicht einmal wieder auch nur auf Katerschwanzlänge an eines von beiden herangekommen. Auch mein Bitten und Miauen hatten mir da bislang nicht helfen können.

Ich hatte sogar versucht, mich direkt neben diesen beiden Paketen zu putzen! Putzen fand Frauchen für gewöhnlich nämlich ganz prima bei mir! Da lobte sie mich immer, dass ich das schon so gut schaffte! Und dass ich eigentlich dann auch kein Bad mehr brauchte …

Iiiääh, Bad! Das spornte mich dann natürlich besonders an, schön weiter zu putzen, und gewöhnlicherweise durfte ich das auch überall ganz ungestört!

Aber: Selbst das Putzen war direkt neben diesen Kisten da oben nicht erlaubt! Da kannte Frauchen kein Pardon! Und das machte die ganze Sache für mich natürlich noch viel spannender!

Diese zwei und dieses eine neue Paket, welches sich jetzt bestimmt dazu gesellte, machten mich wirklich ausgesprochen und völlig neugierig! Weil Kater – und vor allem ich – doch immer alles so ganz genau wissen wollen!

Frauchen kam nun eiligen Schrittes die Treppe wieder herunter.

Und – hatte zwei Pakete in der Hand! *Die* zwei Pakete! Ja, konnte sie denn meine Gedanken lesen? Sollte ich die jetzt wirklich und direkt wie bestellt und tatsächlich bekommen?!

Aber – Fehlanzeige! Frauchen ging geradewegs an mir vorbei, stellte sich vor Herrchen in voller Größe auf und reckte ihre Hände mit den Paketen in die Höhe:

Die müssten schon mal zur Post – für Freunde!

Aha!

Eine kleine Chance witterte ich noch. Schließlich war ja auch ich ein guter Freund von Frauchen!

Fehlanzeige Nummer zwei. Diese Päckchen hier waren wohl für *andere* Freunde bestimmt! Denn Frauchen verließ jetzt mit Herrchen, der ihr sogar die Tür aufhielt, das Haus.

Aber was sie dann sagte, das ließ mein Katerherz von Neuem vor Aufregung erzittern. Teilte sie mir doch so einfach zwischen Tür und Angel mit, ich kriegte bestimmt auch noch ein Geschenk! Sie habe ja schon gemerkt, wie traurig ich so hinter ihr herblicken würde. Ich müsse aber noch ein bisschen Geduld haben – bis Heiligabend! Mehr könne sie mir aber noch nicht verraten. Da würden doch alle Menschen beschenkt – nicht nur mit Paketen, sondern vor allem im Herzen und mit Liebe. Und dieses Katertier hier – und bei diesen Worten deutete sie mit einem von den Päckchen auf mich – bestimmt auch!

Und die Tür fiel hinter ihr zu.

War das ein Versprechen! *Im Herzen beschenkt!* Wie sich das anhörte!

Wenn mein Bauch beschenkt wurde, war das schon klasse! Wie viel toller musste das erst sein, wenn ich im Herzen beschenkt würde?!

Als es Abend wurde, fand Frauchen noch die Zeit, weitere Geschenke zu verpacken! Sie summte dabei sogar vor sich hin! Das hörte sich fast so an, wie wenn unsereins schnurrt.

Und es war ansteckend! So half ich noch ein wenig mit – nach Katerart – und schnurrte auch und zog von der anderen Seite an den Geschenkbändern.

Frauchen hatte diesmal fast nichts dagegen. Sie lächelte mir sogar zu! Mit sooo einem liebevollen Blick …

Und von dem träumte ich später auch noch mit einem wohligen Schnurren und einem leisen, erwartungsvollen Miauuu …

Weihnachten rückt immer näher

Heute war wieder ein Sonntag. Den erkannte ich auch daran, dass dann mein Frühstück nicht zu der Zeit begann wie sonst. Nein, bis ich von Frauchen und Herrchen an einem solchen Tag die Jalousie hörte, die irgendwann hoch gezogen wurde, da konnte es einmal in der Woche so eine ziemlich geraume Zeit dauern ...

Nicht so aber heute! Und das wunderte mich!

Außergewöhnlich früh wurden sie dort oben wach! Und ich hier unten daraufhin natürlich auch.

Frühstück gab es dann wie immer – aber direkt danach wurde mir das Schälchen weggenommen. Und der Wassernapf auch!

Und mein Liegeplätzchen hatte ich mit einem Mal ebenfalls nicht mehr da, wo ich mich sonst auszuruhen pflegte ...

Nein! In fein ordentlicher Reihenfolge wurde von Herrchen und Frauchen alles im Flurbereich auf den Teppich gestellt. Und was jetzt kam, das brachte doch so einige Befürchtungen meinerseits in Gang ...

Dieses Ding, diese Box da, war von Frauchen aus dem Keller geholt worden! Und das alles sogar noch *vor* dem Frühstück!

Mir schwante etwas – spätestens, als das Katzengeschirr mit der Leine von der Garderobe genommen wurde.

Und so hatte ich gar nicht die Ruhe, die dritte Kerze am Adventskranz zu bestaunen, die dann in der Küche auf dem Tisch leuchtete, als

Herrchen und Frauchen sich endlich dorthin zum Frühstücken niedergelassen hatten.

Irgendetwas war hier verdächtig anders als an den anderen Adventssonntagen!

Nur – was blieb mir weiter übrig, als abzuwarten?

Frauchen machte dann plötzlich zu Herrchen so komische Bemerkungen – ob denn wohl alles wieder gut gehen werde … Und ob die lange Fahrt wohl gut verkraftet werden könnte. So lang sei ja bis jetzt noch keine gewesen …

Meinte die etwa mich?!

Und mit *langer Fahrt* – dass ich die in dieser Box da draußen verbringen sollte?! Oh, nein! Das war aber so gar nicht nach den Wünschen, die *ich* an so einen schönen Adventssonntag stellte.

Und so kamen mir schon einige Bedenken!

Früher – in meinem kindlichen und jugendlichen Leichtsinn – da hätte mich das sicher gar nicht auf dermaßene Gedanken gebracht. Aber auch Kater kommen in die Monate! Und werden verständiger!

Ich verstand nämlich gerade das Wort »Besuch«! Aber – hier stimmte doch etwas nicht!

Und dann wusste ich es: nicht *wir* wurden besucht! Wir *fuhren* zu Besuch!

Oooh schön, oooh, prima! Doch, jetzt musste ich sagen: eine wunderbare Aussicht! Aber auch: O je!

Das Wort Besuch klang für mich zwar schon durchaus sehr verlockend. Schließlich war ich auch mit dem Auto bereits weit herumgekommen! Sogar bei der Oma von Frauchen bin ich vor kurzem noch durchs Haus gelaufen und vorher auch schön hingefahren: mit Sack – sprich Box – und Pack, das waren so prima Dinge wie Extraportionen Futter oder das Katzengeschirr, damit ich mit Frauchen oder Herrchen hinter mir an der Leine die ganze neue Umgebung ausgiebigst erkunden konnte.

Die nahmen sich für mich dann in solchen Situationen auch immer wirklich richtig Zeit! Weil sie wohl auch wussten, wie schlecht mir Autofahren in der Zwischenzeit tatsächlich gefiel …

Das war nämlich das, was mir in Kombination mit Besuch und dieser Plastikzelle von Box wirklich gar nicht mehr so angenehm war – obwohl Frauchen und Herrchen sich wechselweise wirklich alle Mühe gaben, mich abzulenken, z. B. mit Leckerchenfüttern oder mit Anhalten, damit ich während der Pausen in aller Ruhe draußen in der Natur an der Leine schnuppern konnte. Ich durfte dann ein bisschen kratzen und scharren oder sogar auf Bäume klettern – zumindest so weit hinauf, bis sich die Leine in Herrchens und Frauchens Hand spannte.

Aber ich durchblickte diese Ablenkspielchen sehr wohl! Und so wirklich richtig genießen konnte ich das alles nämlich auch erst im Nachhinein – wenn die Autofahrt vorbei und ich irgendwo richtig angekommen war, wo ich garantiert auf absehbare Zeit nicht wieder in das Ding von Box sollte!

Und so war es auch heute. Im Auto miaute ich mein Anliegen ziemlich nachdrücklich heraus. Ich maunzte, was das Zeug hielt.

Als wir dann aber angekommen waren und ich sah, wie auch mein Gepäck samt Katzentoilette herausgenommen wurde, da war mir schon wieder ganz katerwohl um mein Näschen!

Ich wurde natürlich zunächst gebührend bewundert. Sie hätten schon viel von mir gehört, meinten die Leute von dem Haus, in das wir nun gingen. Und schön, dass ich sie jetzt sogar selbst besuchen käme! Katzenbesuch hätten sie auch noch nie gehabt!

So und ähnlich sprachen sie mir sehr wohlwollend zu. Das schien mir schon ein ziemlich guter Anfang zu sein.

Und so verzieh ich ihnen auch großherzig die Ansprache mit der »Katze«, für die sie mich hielten.

Aber nun wurde es höchste Zeit für die Entschädigung, die mir für die Strapazen der Autofahrt zustand.

Herrchen und Frauchen dachten offenbar auch schon in meine gewünschte Richtung. Zunächst wurde ich nämlich aufgefordert, mir die neuen Plätze für die Schälchen zu merken. Das tat ich bei der Extraportion Futter, die darauf folgte, natürlich selbstredend gern!

Und damit ich die Gastgeber ebenfalls schnell gut finden würde, durften die mich dann auch schön füttern und – mit großherzigem Entgegenkommen meinerseits – mich auch ausgiebig streicheln. Dabei wurde ich, wie es sich auch gehört, nochmals gebührend bewundert! So richtig meine Fans wurden die Gastgeber von Herrchen und Frauchen aber erst später. Ich ging nämlich mit Frauchen – so, als wäre das ganz selbstverständlich – zusammen zur Toilette! Ja, ich, der Kater Mimi!

Ein Örtchen stand nämlich regelmäßig, auch in solchen Besuchsfällen, im Menschenörtchen, und weil ich in Vorbereitung auf schöne viele Ausflüge, die bereits hinter mir lagen, lieb und brav gelernt hatte, in solchen Situationen immer zusammen mit Frauchen mein Geschäft zu verrichten, konnte jedem, den wir besuchten, ehrlich versichert werden, dass ich völlig stubenrein sei!

Zu dieser Zeit des Advents – und auch noch länger – war es aber noch ganz selbstverständlich, dass ich von Herrchen und Frauchen nach solch einem erfolgreich verrichteten Geschäft eine Belohnung bekam! Da waren sie von mir sehr gut erzogen! Wenn *sie* es auch andersherum sahen …

Die Stimmung änderte sich an diesem Tag allerdings noch ein wenig, und zwar nach folgender Begebenheit:

Nachdem ich im Garten – hu, war das kalt gewesen – meine Erkundungstour gemacht hatte, wurde ich hier drinnen wieder abgeleint und taperte so meiner Katzenpfade. Ein solcher führte mich geradewegs auf so eine Anhöhe hinauf. Ein Tisch war das nicht!

Ich sah mir das Ganze mal etwas genauer an – und entdeckte dabei dieses Loch in der Wand, direkt über mir, dunkel und verheißungsvoll!

Es bleibt einem Kater wie mir bei einem solchen Anblick natürlich gar nichts anderes übrig, als der Sache mal auf den Grund – sprich in diesem Fall: in die Höhe – zu gehen.

Ich versuchte, nicht zu sehr zu schnaufen bei der Anstrengung, die ich dabei aufbrachte. Herrchen und Frauchen hatten nämlich gelernt, bei gewissen Geräuschen, die ich machte, in Alarmbereitschaft zu geraten, und dann war schnell Schluss mit solchen Abenteuern. Ich war aber entschlossen herauszufinden, was mich dort oben in luftiger Höhe erwartete.

Nur – diese Höhe war wirklich allzu hoch! Und rutschig! Ich versuchte immer wieder, meine Krallen einzuhängen, aber diese Wand hätte noch viel mehr kleine Löcher dafür haben müssen. Hatte sie aber leider

nicht! Und so war das Ganze zwar wunderbar abenteuerlich-spannend und machte richtig Spaß – aber wenn es auf die Dauer bei aller Anstrengung nicht wirklich richtig nach oben geht, dann gibt selbst ein Kater wie ich nach einiger Zeit auf … und wendet sich anderen interessanten Dingen zu, von denen es in einem fremden Haus ja reichlich viele gibt.

Ich spazierte also eine Weile später wieder so im Blickfeld von Frauchen, Herrchen und ihren Gastgebern herum, als ich auch schon den Ersten völlig erstaunt ausrufen hörte: »Wie sieht *der* denn aus!?« Und alle anderen stimmten, mir völlig unverständlich, sofort in diesen Chor mit ein.

Ich muss sagen: Wir Kater und Katzen sind ja angeblich bekannt für unseren Katzenjammer, wenn wir so zu mehreren maunzen. Aber dies hier – das war schon wirklich das reinste *Menschen*-Gejammer – jedenfalls in meinen Katerohren, zumal ich bis dahin noch nicht einmal genau wusste, um was es hier eigentlich ging.

Das wurde mir dann aber ziemlich deutlich, nachdem man mich – ich gebe es ja zu – fast einfangen musste! Aber wenn vier ausgewachsene Menschen plötzlich aktiv werden, zumal in einer für mich fremden Umgebung, dann kann das einem Kater schon zusetzen. Meine äußere Erscheinung passte ihnen wohl nicht. Nur: ich war ja schließlich auch nicht der Nikolaus.

Aber wie ein solcher aus dem Kamin heruntergekommen! So hieß das Ding von Loch nämlich, das ich so eingehend untersucht hatte. Und weil dort die Kleinteilchen vom letzten Feuern, die an den Wänden geklebt hatten, das krasse Gegenteil von Weiß waren, sah ich nun – na, sagen wir mal – etwas *auffällig* aus.

Das blieb aber nicht lange so. Notdürftig und ziemlich schnell wurde meine ursprüngliche Fellfarbe mit den Servietten vom Kaffeetisch wieder hergestellt!

Und auch die Pfotenspuren, die ich hinterlassen hatte, kündeten nachher nur noch blass von meinem Abenteuer …

Später lachten natürlich auch alle wieder ganz herzlich über mich und haben sogar schön respektvoll gestaunt!

Und ich meinerseits war mit den Menschen dann auch wieder gut Freund und konnte doch noch den Anblick der dritten Kerze und so einiger zusätzlicher Dropse – so auf den Schreck und die ganze anschließende Prozedur – genießen.

Irgendwann kam noch die von mir nicht so sonderlich geliebte Autorück-
fahrt. Und danach – oder genauer gesagt: am nächsten Tag – erhielt ich
dann mein *endgültig* letztes Vollbad! Sozusagen auch als ultimatives
adventliches Saubermachen … Aber das konnte es mir im Nachhinein
schon wert sein! Zumal Herrchen und Frauchen in der kommenden Zeit
bei ihren Telefonaten noch öfter die Geschichte von ihrem Kater im Kamin erzählten …

Und ich lag dabei und ruhte etwas, streckte mich auch schon mal so
zwischendurch ganz genüsslich und leckte noch lange mein Fell, bis es
nur noch nach mir und nicht mehr nach Waschen roch.

Ich für meinen Teil fühlte mich somit bestens für die weiteren Ad-
ventsereignisse vorbereitet.

Wir haben Übernachtungsbesuch!

So schön sauber, wie ich nach dem heutigen Bad war, strahlte ich mit den Adventskerzen wieder um die Wette. Ich fühlte mich zwar anschließend noch ziemlich k.o., aber meine Augen funkelten schon wieder, als ich sah, dass Frauchen – hoffentlich für immer – die Badesachen wegräumte. Gebadet zu werden ist Anstrengung pur! Danach nutzte ich dann sofort die Gelegenheit, mich verdientermaßen auszuruhen – auf meinem leider ebenfalls frisch bezogenen Kissen. Hätte mich auch sehr gewundert, wenn das von Frauchen vergessen worden wäre und ich mich wieder in meine alten, herrlich nach Abenteuer riechenden Unterlagen hätte einkuscheln können!

Trotzdem: So, bequem platziert in meinem Körbchen, das nach dem Ausflug von gestern schön wieder auf seinem angestammten Platz stand, ging es mir schon wieder richtig gut! Es folgte ein Schläfchen zur Erholung meiner körperlichen Katerkräfte.

Nach dem Aufwachen begann ich mit Teil zwei meiner Wiederherstellung: der geruchlichen. Will heißen: ich fing an, mir überall aus dem Fell den Shampoomuff wegzulecken. Dies war entschieden aufwändiger und stand sogar immer noch mal wieder während der nächsten Tage an …

Äußeres Kennzeichen dafür, dass mein ganzer Katerkörper diesen Nachputz für dringend und sehr nötig hielt, war ein öfter wiederkehrender Niesreiz, ausgelöst durch allzu viel von diesem Geruch in meinem empfindlichen Riechorgan!

Haaa-tschichi!

Frauchen rief dazu jedes Mal »Gesundheit!«, oder – »Schönheit!«, aber das war überflüssig, denn für meine Begriffe besaß ich das doch alles schon.

Den größten Teil der Eigengeruchswiederfindung schaffte ich dann auch heute noch und war schon wieder ganz zufrieden mit mir.

Aber war es nun während des Erholungsschläfchens gewesen oder beim Lecken oder beim Nachsinnen – irgendwie muss ich zwischendurch einiges überhört haben.

So richtig klar wurde mir das allerdings erst, als es schon an der Haustür klingelte! Draußen stand aber nicht etwa wieder der Postbote mit einem Paket.

Nein! Da stand eine Frau!

Ich schnupperte und fing ihren Geruch ein. Sie roch auch nach gut gewaschen – wie die meisten Menschen; aber eine Frau mit genau diesem Geruch, die war mir bis jetzt noch nicht unter mein frisch durchgeniestes Riechorgan gekommen!

Sie war also wirklich neu hier! Entsprechend gespannt beobachtete ich sie.

Und die Frau selbst war zwar kein Paket, aber sie hatte eine wunderbar dicke Tasche in der Hand – das fiel mir jetzt auch schon auf. Die wollte ich wohl bei der nächsten Gelegenheit doch erst einmal genauer untersuchen – zumindest nahm ich mir das mal schön so vor.

Inzwischen begrüßte Frauchen sie – ganz herzlich sogar!

Ob dieses Herzliche wohl auch an der Adventszeit lag? Oder ob die sich schon immer so lieb gehabt hatten? Das fragte ich mich gerade, als sich unsere Blicke trafen: der von der neuen Frau und meiner.

Da haben wir aber geguckt!

Und die Frau machte einen Schritt rückwärts! Zwar war das nur ein winzig kleiner Schritt, aber ich hatte ihn genau gesehen.

116

Und Frauchen hatte ihn auch bemerkt. Sie sagte nämlich zu der Frau: »Das ist doch nur der Mimi, unser Kater!« Und fügte hinzu: »Vor dem brauchst du wirklich keine Angst zu haben.«

Und dass ich der neuen Frau nicht zu nahe kommen würde, dafür wollten Frauchen und Herrchen während der ganzen Besuchsdauer schon sorgen. Das fügte Frauchen jetzt ebenfalls noch hinzu!

Ich war irritiert, dachte nach und kombinierte. Erstens, so überlegte ich, blieb die Frau mit der Tasche anscheinend ganz lange bei uns, und zweitens – und dabei fühlte ich mich irgendwie ganz merkwürdig komisch – war das hier offensichtlich ein ziemlich scheues Exemplar von Mensch, wenn die eine dermaßene Angst vor einem solch hübschen Kater wie mir hatte!

Dabei *saß* ich doch schon weiter entfernt! Total unschuldig auch, denn ich hatte ja noch nicht einmal irgendwo nah dran geschnuppert oder gar meine Pfoten ausprobiert ... Na, ja, das mit der Tasche könnte ich mir ja auch noch mal überlegen.

Nein! Ich spürte: hier musste grundsätzlich am Verhältnis Mensch – Kater gearbeitet werden!

Wenn die Frau da ihren Besuch beendet hatte, dann sollte sie anders über mich denken: nur das Beste!

Das schaffte ich doch mit meiner linken Schnurrhaarspitze!

Top, die Wette galt!

Ich konnte ja gern auch schon einmal anfangen und mich von meiner strahlendsten Seite zeigen. Entsprechend setzte ich mich in die hinterste Ecke der Küche, als sich dort die Menschen niederließen – auch Herrchen, der inzwischen wiedergekommen war.

Das Licht schien dabei auf mein Fell. Welch ein Glanz in der Küche! Und – was soll ich sagen: das fiel sogar dem Besuch auf!

Und der wurde dann über mein gestriges Kaminabenteuer gebührend unterrichtet. So ein ganz leichtes Lächeln trat daraufhin in das Gesicht der Frau.

Prima, dachte ich mir, das war ja schon mein erster Erfolg!

Und dann erzählte die neue Frau von einem Hund, den sie kennen gelernt hatte. Dass der ihr auf den Schoss gesprungen sei, obwohl sie ihn doch gar nicht mochte!

Na, dachte ich, das sind ja beste Ausgangsvoraussetzungen! Denn Hunde mochte selbst ich ein wenig – und das nach meinen Erlebnissen mit dem fressenden Teppich und den Geschöpfen beim Tierarzt.

Ich wunderte mich jetzt richtig.

Irgendwann am Abend gingen wir alle dann noch ein wenig nach oben. Hier kannte *ich* mich ja bestens aus! Und ich bekam mein erstes Lob von der Frau: dass ich ja *wirklich* ganz lieb da auf meinem Plätzchen liegen bliebe! Sie könnte ja fast sagen, es sehe richtig *friedlich* aus, das Tier da – und dabei wies sie auf mich.

Ich war selig. Die Katertherapie hatte erfolgreich begonnen.

So allmählich jedoch wandte sich mein Interesse wieder anderen wichtigen Dingen zu. Ich spürte nämlich, dass es schon recht spät sein musste und mein Magen eine gewisse Leere anmeldete … So gähnte ich auf meinem Plätzchen genüsslich, reckte und streckte mich wohlig und setzte mich so langsam in Warteposition.

Die hatte ich dann aber auch dringend nötig! Denn aus dem Liegen heraus hätte ich niemals die Dynamik erreichen können, derer ich mich fünf Sekunden vorher noch selbst nicht für fähig gehalten hätte.

In der ersten folgenden Sekunde holte Herrchen nämlich tief Luft – und dann: »Haaaa-tschiiiiieeeee!« Katerohren-betäubend wie immer.

Das war Herrchen!

Und als ob das nicht genug Schreck in der Abendstunde für mich gewesen wäre, machte es ihm diese Frau fast zeitgleich und ebenso Katerohren-betäubend nach: »Haaaatschiiieee!«

Das war einfach nicht aushaltbar für sensible Katerohren! Und so rannte ich, sprintete ich, ja stürzte ich mich regelrecht die Treppe hinunter, um diesem hochexplosiven Bereich zu entkommen.

Dass sich anschließend da oben ein regelrechter Lachansturm seinen Weg bis hier unten in meine Regionen bahnte, wertete ich indessen nicht nur als einen Mangel an menschlichem Einfühlungsvermögen. Es zeigte mir auch – und das freute mich doch sehr –, dass das Eis mir gegenüber bei der fremden Frau nun endgültig gebrochen zu sein schien.

Jedenfalls kam sie zu meiner Fütterung extra für mich mit herunter und schaute sich sogar das Mahlzeitvorbereiten mit an! Und noch entschuldigt hat sie sich, dass sie mich doch nicht hätte so erschrecken wollen!

Also, ich muss sagen: Damit hat sie mich dann doch endgültig um die Pfote … äh, Hand gewickelt! Das ging richtig tief ins Gefühl! *Die* musste ein besonders einfühlsames Menschenwesen sein, davon war ich nun überzeugt!

Dabei wollte *ich* sie doch von *meinen* Katervorzügen begeistern!

Ich war wirklich ganz gerührt.

Zudem fühlte ich mich noch mehr zu ihr hingezogen, und das beruhte – wie sich dann in den folgenden Tagen mehr und mehr zeigen sollte – sogar auf Gegenseitigkeit! Ich durfte mich nämlich ganz, ganz langsam und Stück für Stück immer mehr in ihre Nähe legen. Bis ich dann irgendwann abends direkt zu ihren Füßen lag! Und ich durfte – noch etwas scheu beäugt von der Frau – dort wirklich liegen *bleiben*!

Da war ich endgültig selig!

Und ich bin mir sicher: Das war nicht nur mein Verdienst! Dabei hatte bestimmt auch wieder diese Adventszeit mitgewirkt, dass selbst Mensch und Tier einander näher kamen …

Mein erster Schnee

Ich war ja immer noch ein junger Kerl, hatte zwar schon den Sommer und den Herbst erlebt, aber das eigentliche Winterspektakel, den Schnee, das kannte ich bis jetzt nur vom Hörensagen. Meine vage Vorstellung war: Alles würde weiß sein (ich etwa auch?!) und *flöckig* – oder so …

Frauchen und Herrchen redeten auch schon den ganzen Morgen mit unserem Besuch – dieser Frau – vom Schnee, den der Radiokasten in aller Frühe bereits verkündet hatte. Mich wunderte dabei immer, dass da so eine schlaue Stimme aus diesem Ding herauskam, die sich nach Mensch anhörte, aber nicht danach roch!

Nachdem Herrchen etwas später aufgebrochen war, wartete ich auf das Bevorstehende.

Angefangen hat es dann allerdings zunächst recht unspektakulär.

Ich wunderte mich nur so ein wenig, wieso es gerade am Mittag schon nach Abend aussah, und überlegte, ob ich dann vielleicht auch die doppelte Mahlzeit einfordern könnte; denn wenn die Wolken da draußen und da oben Abend spielten, dann wünschte ich mir das komplette Abendprogramm, inklusive Futter, ebenfalls schon am Mittag!

Frauchen und der Besuch waren da allerdings nicht ganz meiner Meinung, und so setzte ich mich halt wieder vor das Wohnzimmerfenster und schaute in das Grau, das sich immer mehr verfinsterte. Himmel, wurde das so langsam ein merkwürdiges Mittagswetter!

Frauchen war ja zum Glück zu Hause. Sie hatte wohl auch etwas von *Urlaub* gesagt und dass sie ganz da sein wollte für unseren Besuch. Für mich doch natürlich auch – so dachte ich mir noch –, das musste sie wohl vergessen haben!

Diesen Gedanken hing ich noch ein wenig nach, als ich plötzlich sah, dass da draußen richtig Wind aufkam! Der war zuerst nur ganz sacht gewesen, aber nun bogen sich die Zweige von dem Baum, den ich direkt bei diesem Ausblick vor meiner Katernase hatte, schon ganz beachtlich. In dem waren im Herbst noch die vielen bunten Flatterlinge – oder Schmetterlinge – so verheißungsvoll hin und her geschwirrt.

Hin und her – das wurde dann auch jetzt das Stichwort, und ich staunte ungläubig. Da bogen sich die Zweige schon bis auf den Boden – bis hin zu meinem Fenster!

Und mit meinen scharfen Kateraugen sah ich es dann ganz genau: Es *schwebte!*

Es war klein, weiß und kam aus den höchsten Höhen der Luft, segelte herunter, vom Wind getrieben, und dieses Etwas kam immer näher an meine Fensterscheibe!

Ganz erschrocken musste ich spontan zurückweichen – das befahl mir irgendein tief sitzendes Erbmaterial, das mich im Inneren jetzt dringend warnte.

Es wurde mir dann wirklich auch zu ungeheuerlich.

Und nun kamen immer mehr von diesen weißen Schwebeteilen! Und noch mehr. Und schließlich ganz viele!

Meine Reaktion: sofortiger Rückzug!

Danach schaute ich mir das Treiben nur noch aus sicherer Entfernung an – mit dem dicken Sofa im Rücken. Ich weiß gar nicht mehr, ob ich noch realisiert habe, dass ich ja schon längst nicht mehr unter das Sofa passte …

Irgendwann hörte ich aus der Küche ein ganz freudiges »Es schneit!«. Das war Frauchen, und die Besuchsfrau stimmte mit ein: »Na endlich, Schnee!«

Das war es also! Das war Schnee, was mir da draußen so einen Schrecken eingejagt hatte!

Also besann ich mich nun auch wieder ein wenig und wandte mich mit neuem Interesse der Aussicht durch das Fenster wieder zu. Dort waren jetzt aus den kleinen Fliegern dicke weiße Flocken geworden, die im Wind herumtrudelten und wild durcheinanderstoben.

Wind müsste man sein, dachte ich mir in diesem Augenblick, dann würden all die riesigen Flocken nach *meinen* Anweisungen tanzen!

Und wenn dann vielleicht die Flocken noch alle so ein bisschen fressbar wären, so eine Art fliegende Dropse, käme mir das sehr gelegen!

Apropos gelegen: Diese weißen Dropse – äh, Flocken, die blieben doch tatsächlich jetzt da draußen liegen – genau vor meinem Fenster, hier auf der Terrasse!

Und noch eine Merkwürdigkeit wunderte mich jetzt: Aus den Flocken, die mir eben noch so sehr einen Schrecken eingejagt hatten, aus denen waren nun Tropfen geworden, die wie Regen an meinem Fenster herunterrannen.

Kater Mimi!, so dachte ich stolz, da hast du aber alles gegeben, wenn du mit deinem Blick die Flocken so sehr erschrecken kannst, dass sie jetzt lieber nur noch Wasser sein wollen …

Und damit hatte ich meine Katerehre dem Schnee gegenüber erst einmal wiedergewonnen! Und die natürliche Hierarchie – so, wie sie sich für einen Kater wie mich gehört – war frisch wieder hergestellt. Wie hatte ich mich bloß von so einer winzigen Kleinigkeit wie »Schnee« dermaßen verunsichern lassen können?!

Ich spürte, wie meine draufgängerische Verwegenheit zurückkehrte, bei der sich immer meiner alleobersten Härchen direkt zwischen den Ohren aufstellen – das hatte Frauchen mir irgendwann einmal verraten. Ich wollte mir die ganze Sache jetzt auch einmal in echt ansehen – direkt und ohne trennende Scheibe!

Ehe irgendeine Vernunft mir Gegenteiliges hätte einflüstern können, machte ich mich dann auch fix auf meinen Katerpfad in die Küche, und mein Frauchen wurde unmissverständlich darauf hingewiesen, mir jetzt und sofort zu folgen.

Ich forderte meinen Anspruch ein! Von mir aus auch mit Leine – Hauptsache, ich durfte jetzt raus!

Ich musste dabei sehr laut und deutlich werden, weil Frauchen und die andere Frau ununterbrochen redeten. Aber Kater wie ich lassen nicht locker, und irgendwann war es dann so weit.

Angeleint, in dem langsam schon etwas zu klein werdenden Katergeschirr, stand ich im Rahmen der offenen Haustür, ließ mir den Wind durch mein Fell streifen und tat meine ersten Schritte nach draußen, in dieses herrliche Weiß!

Ui!

Erschrocken maunzte ich auf – meine Pfoten meldeten Kälte, und ich machte einen Satz rückwärts. Aber das half auch nichts, denn die Flocken stoben um mich herum, und eine war so keck, dass sie sich direkt auf meine empfindliche Nase setzte. Ich wischte sie hektisch mit der Pfote weg, schüttelte mich, miaute und blickte Hilfe suchend zu Frauchen hoch – aber die dachte gar nicht daran, mir, ihrem Mimi-Kater, beizustehen! Im Gegenteil: sie *lachte!* Und als wäre das nicht genug, deutete sie kichernd auf die Härchen zwischen meinen Ohren, die – ich spürte es ja selber – wieder ganz normal aussahen. Na und?! Es war halt windig hier draußen, da legt sich das Fell eben wieder an!

Inzwischen waren nicht nur meine Pfoten eiskalt. Nur: so leicht wollte ich nicht aufgeben! Entschlossen ging ich noch mal so zwei, drei Schritte vorwärts – und fast augenblicklich genau so viele wieder zurück!

Und danach wusste ich es fürs Erste: Bei dieser Wetterlage war es mir hier draußen dann doch entschieden zu unangenehm!

Und schnurrhaarstracks kehrte ich, schwupp, zwischen den Beinen von Frauchen hindurch, flugs wieder in mein warmes Häuschen zurück!

Frauchen und der Besuch lachten wieder, aber ich glaube, dass sie mindestens genauso froh waren, wieder im Warmen zu sein.

Jedenfalls wurde ich abgeschnallt, und während ich mein nasskaltes Fell ableckte, sah ich aus dem Augenwinkel, wie Frauchen in den Keller ging. Als sie kurze Zeit später zurückkam, hatte sie einen Ball in der Hand und einen Ring – und einen Beutel!

Und die rochen alle so lecker!

Aber damit ging Frauchen – schon wieder – nach draußen! Und sie hängte den Ball und den Ring einfach dort auf.

Na, dachte ich, damit soll ich wohl beim nächsten Mal spielen? Dann aber bitte etwas tiefer aufhängen! Und bitte auf angenehmeres Wetter warten!

Doch dann sah ich, wie Frauchen aus dem Beutel noch etwas in dieses Minihaus tat, das Herrchen gestern Abend wohl noch spät aufgestellt haben musste. Das sah aus, als ob es eine Terrasse mit Dach auf ganz hohen Kletterstangen wäre.

Aber ich stellte es mir selbst bei *meiner* Geschicklichkeit äußerst schwierig vor, dort oben die Dropse oder das Futter aus der Tüte abzuholen! Das hätten Frauchen und Herrchen aber auch wissen können.

Wussten sie wohl auch! Denn zu meiner etwas größeren Enttäuschung musste ich feststellen, dass der ganze schöne Aufwand gar nicht für *mich* sein sollte!

Nein, für irgendwelche Vögel dort draußen, die nicht genug Futter hätten, für die sollte alles in dem »Futterhäuschen« sein! Das erklärte mir Frauchen, als sie beim Reinkommen meinem durchaus verständnislosen Blick begegnete.

Da sollte ich die Fürsorge von Frauchen mit irgendwelchen Vögeln teilen?! Wollte ich denn das?!

Okay, okay, na gut. Ausnahmsweise, weil Adventszeit war, wo ja alle besonders lieb zueinander sind, wollte ich mal nicht so sein. Katerige Großherzigkeit hatte mal wieder die Oberpfote gewonnen.

Während ich noch so darüber nachsann, kamen auch schon die ersten Vögel. Und wie die sich freuten über das Futter! Es gab ein mächtiges Geflatter um das Minihäuschen herum, und ich hockte auf der Fensterbank und schaute den Vögeln zu, während mich ein angenehmes Jucken in den Pfotenspitzen kitzelte …

Abends erzählte Frauchen dann noch die lustige Geschichte, in der einer meiner Artgenossen allerdings gar nicht so klug abgeschnitten hatte: Da wollten nämlich Frauchens Eltern auch mal so schön für die Vögel mit Winterfuttergaben sorgen … Aber statt dass da ein Katzenkamerad, der das gesehen hatte, sich so wie unsereiner freute, dass sozusagen das Futter für seine nächste Jagdsaison gepäppelt wurde, wollte der doch lieber selber und sofort dicke Beute machen und landete mit einem gewagten Riesen-Sprung in eben diesem Vogelfutterhäuschen!

Die Vögel waren natürlich schneller gewesen – der Kater aber nicht mehr! Der war nämlich wohl ziemlich riesig – beziehungsweise seine hintere Hälfte! Und die war in dem kleinen Häuschen stecken geblieben … Es musste erst Frauchens Vater mit allerdicksten Handschuhen kommen, damit er von dem Tierchen bei der Rausnehm-Rettungsaktion nicht ebenfalls zu einem Fall für die Rettung wurde.

Ich gebe zu: über *den* Artgenossen habe sogar ich mich köstlich amüsiert! Und ich denke, dass sogar dieses Exemplar daraus seine Lehre gezogen hat – und wünsche ihm ein klügeres weiteres Leben!

Ich für meinen Teil genoss an diesem Adventsabend lieber weiter meine Dropse ...

Das Kater-Abc

Ab heute dauerte es nur noch sechs Tage bis zu diesem Heiligen Abend, der den Beginn von Weihnachten einläuten sollte. Das wurde mir so richtig klar, als meine Erwachsenen sich unterhielten!

Der Besuch war auch immer noch hier. Aber ein wenig Zeit würde die Besucherfrau heute in der großen Stadt Paderborn verbringen wollen – das hatte sie schon angekündigt!

Und mein Frauchen wäre dann ja ganz für mich da, so folgerte ich sofort; denn Herrchen bekam noch kein »Frei« von seiner Arbeit. Oh, in dieser Situation wollte ich mein Frauchen auch schön unterstützen!

Mal sehen, was sie so vorhatte …

Mit diesen Gedanken räkelte ich mich noch ein bisschen auf meinem Kissen im Flur. Denn von hier aus würde ich am ehesten alles mitbekommen. Und dann war es so weiß – äh, weit!

Weiß war es draußen übrigens auch immer noch, sogar noch viel mehr als gestern. Und es zog auch ganz kalt durch die offene Tür herein, als Frauchen und die neue Frau sich ganz herzlich verabschiedeten.

Herrchen hatte mir eben auch sozusagen das männliche Feld überlassen, so dass ich mich jetzt ganz selbstbewusst streckte und genüsslich reckte, um dann ganz, ganz langsam und ebenso selbstverständlich Frauchen anschließend in die Küche zu begleiten.

Und Frauchen hatte offensichtlich sehr gute Laune! Jedenfalls summte sie so vor sich hin, ähnlich, wie wenn unsereiner schnurrt.

Inzwischen hatte sie begonnen, den Küchentisch abzuräumen. Ich wusste, dass sie dabei auf meine Unterstützung wohl verzichten konnte, denn das hatte sie mir schon so manches Mal nur allzu deutlich gezeigt. Also trollte ich mich noch ein wenig und setzte mich in die andere Zimmerecke, wobei ich ihrem Summen lauschte, und – was soll ich sagen? Sie sang doch tatsächlich ein Lied über uns!

»Uns«, das hieß in diesem Fall ganz großzügig: über mich und meine Artgenossen.

»A, B, C, die Katze ging in den Schnee«, vernahmen meine gespitzten Öhrchen. Und was sie jetzt weiterträllerte, das konnte sich nur auf meinen gestrigen Ausflug in die weiße Welt da draußen beziehen, denn ich hörte Frauchen fortfahren: »… und als sie wieder nach Hause kam, da hatte sie weiße Stiefel an …«

Obwohl – hier kam ich nicht so ganz mit, denn ich hatte, so wahr ich Mimi bin, keine Stiefel getragen! Mit Stiefeln wäre mir auch bestimmt nicht so katerlausekalt gewesen, und das hätte meine Zeit dort draußen entscheidend verlängert!

Frauchen sang jetzt noch einmal: »A, B, C, die Katze ging in den Schnee.« Und dann fing sie wieder von vorn an! Das war richtig schön.

Vielleicht noch verbesserbar mit »… der *Kater* ging in den Schnee«! Trotzdem fühlte ich mich geschmeichelt – und gestreichelt, denn gerade hatte Frauchen eben dies getan, als sie wieder an mir vorbeikam.

Als der Tisch dann leer geräumt war, setzte Frauchen sich wieder und holte eine Zeitung her. Ich konnte ja warten … Und so setzte auch ich mich erst einmal auf meinen Katerkratzbaum. Von hier aus wartete ich weiter … und ich wartete …

Frauchen las immer noch die Zeitung – das musste doch gleich wohl mal ein Ende haben?!

Hatte es aber nicht! Nein, noch lange nicht, wie es schien. Ich wartete weiter.

Frauchen las und las, guckte höchstens kurz einmal zu mir herüber, lächelte – prima! –, las dann aber doch wieder weiter.

Ja, merkte die denn nicht, dass ich hier bereit saß? Lesen konnte sie doch auch ein anderes Mal, jetzt hatte sie doch mich – und das ganz für sich allein!

Aber: sie las immer noch!

Auf die Dauer war mir *das* entschieden zu wenig abwechslungsreich. Ich war mir sicher: Hier müsste ich dringend etwas ändern und Frauchen ein wenig auf die Sprünge helfen! Katersprünge sozusagen …

Und die Idee setzte ich dann auch sogleich in ebensolche um!

Ich sprang also mit einem gigantischen Satz von meinem Küchenkratzbaum hinunter in Richtung Frauchen. Ein wirklich großer Satz war das! Wahrscheinlich der größte aus dieser Höhe bis jetzt, denn nun guckte Frauchen ganz erschrocken. Erster Erfolg!

A: … wie *Aufmerksamkeit!*

Hmm …

Wie war das noch?! – A, B, C …

Nach A folgt also B, so dachte ich mir nun; B wie *bitte-bitte!*

Ich posierte also mit meinem forderndsten Katerblick direkt zu Frauchens Füßen, und um der Sache Nachdruck zu verleihen, schlug ich auch noch so ein klein wenig mit meinem inzwischen ganz gut gewachsenen Katerschwanz hin und her. Gestreift war der und gut geputzt auch! Ein klagendes Miauuu kam dann noch zusätzlich aus meinem weit aufgerissenen Mäulchen!

Irgendwie reagierte Frauchen aber trotz alledem immer noch nicht. Nein, die guckte mich jetzt nur etwas irritiert an und fragte dann auch noch, was mit mir los sei!

So!, dachte ich mir dann, jetzt hatten wir A wie *Aufmerksamkeit.* Auf A folgt B. Und B hatten wir auch!

Und weil daraufhin noch immer keine Reaktion gekommen war, die auch nur annähernd in Richtung »Spiel mit mir« ging, musste ich jetzt wohl zum letzten Mittel greifen: Plan C!

Der war allerdings wirklich letzte Wahl! Obwohl: – jetzt schien er mir schon nötig! Und zwar hieß die dritte Steigerung: C wie *Chancen entdek-ken!*

Chancen gab es in jeder Situation – zumindest für ein kreatives Kater-tier wie mich –, um an das gewünschte Verhalten meiner manchmal et-was langsam denkenden Menschen doch noch heranzukommen!

Und weil Frauchen immer noch nicht reagierte, duckte ich mich, peilte kurz und sprang mit einem gezielten Satz in ihren Schoß – mitten in die Zeitung! Dann sprang ich ebenso elegant auf der anderen Seite wieder von Frauchens Schoß herunter und nahm dabei die gesamte Zeitung mit, die in Einzelteilen hinter mir hergeflattert kam.

Frauchen, ihrer Zeitung entledigt, schaute sprachlos auf mich herunter. Plan C war nun aufgegangen! Denn jetzt hatte *ich* die Zeitung hier unten und Frauchen nur noch *mich* im Blick! So konnte mir das schon eher recht sein. Und weil ich ja schließlich spielen wollte, bot sich dafür die Zeitung hier unten auch hervorragend an:

Ich raschelte erst mit der einen Pfote, dann mit der anderen und hob dann einen Teil schön lang-sam an und guckte erst einmal darunter. Oh ja, mit dieser Zeitung konnte *ich* durchaus auch etwas anfangen!

Das hatte dann wohl auch Frauchen eingesehen, denn kurze Zeit später schien sie sich aus ih-rer Perspektive von da oben köst-lich zu amüsieren. Und sie machte gar keine Anstalten, mir dies Ding hier unten wieder wegzunehmen!

Nein, es kam sogar noch viel besser: Sie stand auf und ging an den Küchenschrank! Ich hörte auf zu rascheln und wartete gespannt. Ich konnte es noch gar nicht glauben!

Um es vorweg zu sagen: Leckerchen waren es keine, die Frauchen aus dem Inneren des Schrankes ans Licht beförderte. Statt dessen sah ich eine knisternde leere Papier-Brottüte, die sie so ein bisschen zusammendrehte. Mit runden Augen beobachtete ich, wie sie jetzt eine Schublade aufzog und eins von den Bändern herausholte, die sie immer um die Weihnachtspäckchen wickelte! Dann folgte eine Schere. Schnipp! Ein Band-Ende knotete sie an die zusammengedrehte Brottüte, das andere ließ sie herunterbaumeln. Ich spürte, wie sich meine Muskeln spannten.

Und dann war es um mich geschehen. Frauchen behielt das eine Ende des ganz schön langen Paketband-Schwanzes in ihrer Hand und ließ zu meinem größten Vergnügen jetzt die Brottüte in Pfotenreichweite vor meinen Kateraugen hin und her baumeln.

Ich muss sagen: ich war ganz überwältigt und hin und her gerissen! Ich bewegte mich blitzkaterschnell im Rhythmus der Brottüte auf und nieder – nach rechts und nach links – und durch die Luft! Jawohl! Eine zirkusreife Nummer war das hier! Und irgendwann hatte ich dieses tolle Teil wirklich zwischen meinen Zähnen – und Frauchen das andere Ende noch dazu blitzschnell aus der Hand gerissen, ehe ich ebenso blitzschnell mit meiner tollen Beute durch die Küchentür in die oberen Hausregionen verschwand. Frauchen war dermaßen perplex, dass ich genügend Zeit hatte, die Tüte auszuwickeln und tatsächlich noch ein paar Restkrümel darin zu erhaschen, ehe sie mir den zerrupften Rest unter meiner Nase wegziehen konnte.

Hinterher waren wir beide völlig außer Atem. Das Spiel hatte mir riesigen Spaß gemacht, und – ich glaube – Frauchen ebenso! Denn am Abend, als Herrchen wieder nach Hause kam und die andere Frau auch wieder da war, da durfte ich – sogar mit einer neuen Brottüte – das Spielchen zur Freude aller noch einmal vorführen! Und ich brauchte nicht mal mein Kater-ABC dazu!

Die Weihnachtspost

Ein neuer Morgen hatte begonnen. Unser Besuch wollte heute wieder nach Hause fahren und packte im Gästezimmer die Reisetasche. Ich hockte – immer noch mit gebührendem Abstand – eine Weile dabei und schaute zu, verlor aber dann das Interesse, weil ich ja sowieso nirgends meine Katernase hineinstecken durfte. Da war das Klappern unten in der Küche schon verlockender.

Aber neben solcher Betriebsamkeit machte sich auch irgendwie immer mehr Stille vor dem Fest breit. Manchmal saßen nämlich Herrchen und Frauchen zum Beispiel am Abend einfach nur so da, schauten in die Kerzen vom Adventskranz und hatten so einen Gesichtsausdruck, der sich wohl nur damit vergleichen lässt, wie wenn unsereiner von einer besonders wohl geratenen Maus träumt …

Bei den Menschen vermutete ich da allerdings mehr Gedanken in Richtung Weihnachten – das lag einfach nahe und rückte immer näher!

Mir wurde dann auch ganz heimelig um mein Katerherz und ich meinerseits rückte, dicht an dicht, eng an meine Menschen, um kuscheln zu können und so herrlich gestreichelt zu werden. Damit gaben sich nämlich Herrchen und Frauchen in solchen Augenblicken immer besonders viel Mühe. Ja, ich konnte sozusagen spüren, wie sie mir Gutes tun wollten!

Als Dank bekamen sie dann auch mein intensivstes Schnurren! Das hatte ich mir nämlich gerade so angewöhnt. Schließlich sollten Frauchen und Herrchen auch merken, wie wohl es mir mit ihnen war und wie dankbar ich auch sein konnte.

Herrchen nannte das Schnurren, das tief aus meiner wohlgeformten Katerbrust kam, übrigens »Gurren«. Mir konnte das recht sein; denn so, wie er es sagte und dabei so lieb dreinschaute, fühlte es sich gut an, und dann schnurrte – oder gurrte – ich noch mal so hingebungsvoll.

Apropos Gefühl:

Einige Gefühle nämlich, das gebe ich wohl zu, waren mir aber doch noch nicht immer so ganz geheuer. Dazu gehörten die von solchen Überraschungen, die mich manchmal so ein klitzekleines bisschen aus der Fassung geraten ließen.

Das passierte zum Beispiel, als ich nun heute, so gar nichts ahnend, von innen bereits vor der Haustür saß. Ich hatte darauf gewartet, dass Frauchen und unser Besuch sich jetzt wieder so herzlich voneinander verabschiedeten. Und ich muss sagen: auch mir war so ein wenig komisch um mein Katerherz, dass ich diese neu gewonnene Katerfreundin jetzt so einfach wieder aus dem Haus gehen lassen sollte … Frauchen hatte das wohl auch erkannt und meinte, es machte auf sie fast so einen Eindruck, als ob mir auch ganz wehmütig wäre.

Und das, was diese andere Besucherfrau daraufhin dann sagte, das werde ich wohl niemals nicht in meinem ganzen Katerleben vergessen! Es klang nämlich ungefähr so: »Tja, Mimi, ich glaube, ich werde dich sogar vermissen! Nein – wie man ein Tier so lieb gewinnen kann! Du hast aber auch eine Art, da kann man gar nicht anders; dich muss man einfach lieb haben. Und das kannst du mir glauben: dass *ich* so etwas sagen würde, das hätte ich mir vorher nie träumen lassen. Du hast mich schon ganz schön beeindruckt!«

Sprach's und beugte sich sogar zu mir herunter! So, als ob sie mich gleich streicheln wollte!

Das hat sie dann aber doch nicht getan.

Immerhin: Sie *mochte* mich! Und das war es doch, was zählte! Ich habe sie ganz glücklich angesehen – obwohl ich genau wusste, dass es erst einmal eine ganze Weile dauern würde, bis sie wiederkäme.

Aber: auch das hat sie noch ganz fest versprochen! Sogar mit Blick in meine Richtung!

Und so ließ ich sie ziehen, mit ihrer Tasche, in die ich nie meine Nase stecken durfte, und schaute ihr nach, bis sie um die Gehweg-Ecke verschwunden war.

Lange saß ich noch so da, innen vor der Haustür, und hing meinen Katergedanken nach – so dass ich die Vorzeichen von dem, was nun kam, um ein Haar verpasst hätte.

Jedenfalls gab es direkt draußen vor der Tür auf einmal ein Riesengeschepper!

Rrrrrumms!

Dann einen Knall!

Und dann entfernten sich Schritte!

Ich habe mich daraufhin natürlich dringendst von der Haustür entfernt. Sicherheitshalber und – man weiß ja nie! – mit rasender Geschwindigkeit!

Frauchen hatte den Knall wohl ebenfalls gehört. Jedenfalls kam auch sie jetzt mit einem gewissen Tempo aus der Küche, wo sie noch geräumt hatte.

Sie öffnete dann gleich die Haustür und hatte einen Schlüssel in der Hand, der mir auch die Erklärung für diese ganzen Vorgänge lieferte. Denn das war der Schlüssel, den sie immer holte, bevor sie von draußen mit so einem Stapel Papier und Büchern oder so etwas hereinkam. »Post!« nannte sie das.

Ich hatte das inzwischen sehr wohl und schon beruhigt vom Treppengeländergestänge aus – zwischen der Tannenbaumgirlande hindurch – beobachtet. Meine sichere Entfernung behielt ich allerdings zunächst erst mal noch bei! Frauchen sah mich jetzt beim Wieder-Hereinkommen auch hier oben sitzen.

Und – was soll ich sagen? Sie kannte mich halt ziemlich gut – und wollte mich möglichst schnell wieder aufmuntern!

Ganz beruhigend sprach sie nun zu mir: Der neue Postbote, der habe aber auch einen Krach gemacht mit dem Postkasten! Der habe den Deckel dermaßen zuscheppern lassen, das müsse mir armem Kater ja richtig in den Ohren geklingelt haben! Und bei diesen Worten zwinkerte sie mir so merkwürdig zu.

Das, was sie dann aber noch sagte, ließ mein Katerherz an diesem Tag schon zum zweiten Mal höher schlagen: Ich, ja, *ich*, der Mimi-Kater, hätte sogar ebenfalls Post bekommen!

Das konnte ich zuerst gar nicht so richtig glauben! Aber es schien tatsächlich zu stimmen. Wenn Frauchen es sagte …

Ich freute mich dann auch so sehr, dass meine sämtlichen Schnurrhaare zitterten. Denn auf einer Karte von denen, die Frauchen da gerade hereingeholt hatte, da standen doch wirklich nicht nur die Namen von Frauchen und Herrchen, sondern tatsächlich, auch noch extra groß geschrieben, in schönster Schrift der Zusatz »... + KATER MIMI!«

Es ist später auch wohl nicht wieder vorgekommen – so weit ich mich erinnere, dass extra außen auf der Post schon an mich geschrieben wurde, aber heute ...

Was war das für ein besonderer Adventstag! Und das war nicht nur superklasse, sondern hatte auch noch folgende Bewandtnis: Herrchens Eltern waren im Schneeurlaub! Weit weg, bestimmt auch mit neuen Schnürbändern für Herrchen-Vaters Schuhe ... Jedenfalls schickten sie die Karte als Urlaubsgrüße und als Weihnachtswünsche!

Und dabei hatten sie extra an mich gedacht, zu meinem ersten bevorstehenden Weihnachtsfest! Ich fand's genial ...

Anschließend hat Frauchen noch ein Buch-Geschenk verpackt. Das wollte sie dann ihrem Patenkind vorbeibringen, sozusagen als Weihnachtspost-Geschenkebotin in eigener Sache. Ich war mir zwar nicht so sicher, was es mit dem Buch da so genau auf sich hatte, aber Frauchen hielt es mir noch extra nah und geöffnet vor meine scharfen Kateraugen, bevor sie es endgültig einwickelte. Und ich erkannte zwei Menschen auf dem Bild mit einem winzig kleinen Baby zwischen ihnen in so einer Holzkiste!

Eine Krippe sei das, erklärte mir Frauchen dann, und das Gemalte sollte zeigen, wie das Geburtstagskind, Jesus, bei den Menschen Wohnung gefunden habe.

Mir sah das Ganze allerdings mehr nach Bauernhofstall aus als nach Wohnung ...

Frauchen bestätigte dann auch, dass da am Anfang wohl mehr Tiere von diesem großen Ereignis erfahren haben könnten als Menschen. Und: auf dem Bild entdeckte ich daraufhin auch tatsächlich ein Katzentier!

War das ein Gefühl!

Zweifelt jetzt noch einer daran, dass ein Kater Weihnachten feiern darf? Wo doch beim Geburtstag vom Jesuskind anscheinend ein Vertreter meiner Art dabei gewesen ist? Na bitte!

Ganz in Gedanken versunken sah ich zu, wie Frauchen das Buchpäckchen nun verschnürte. Ich schnurrte dazu. Fast hätte ich es sogar versäumt, mit der Pfote am anderen Ende vom golden schimmernden Geschenkband zu ziehen!

Aber nur fast ...

Weihnachtsputz in unserem Haus

Das war heute vielleicht ein Tag! Es fing bereits damit an, dass es Frauchen an diesem Morgen schon ganz besonders eilig hatte. Erst war sie oben im Bad ganz schnell gewesen, und dann blieb ich auch zu ihrer Frühstückszeit nur ganz kurz mit in der Küche – weil sie wieder so fix fertig war!

Zu Herrchen hatte sie, ehe er zu seiner Arbeit fuhr, noch gesagt, dass sie für morgen schon einmal alles vorbereiten wollte; so gut jedenfalls, wie sie es schaffen würde.

Ich dachte mir so meinen Teil! Da wollte ich wohl mitmachen!

Also begleitete ich Frauchen jetzt erst einmal auf ihrem Weg durch das Haus. Sie ging in den Keller.

Ich ging natürlich hinterher, und – was soll ich sagen: durch den Türrahmen sah ich, dass sie doch tatsächlich noch etwas Kistiges aus diesem verheißungsvollen Schrank holte, in dem am Anfang des Advents diese furchtbar pieksige Tannenbaumgirlande für das Treppengeländer drin gewesen war!

Also tapste ich Frauchen in den großen Kellerraum nach. Ich war aber keinesfalls wieder so ungestüm, dass ich das Abenteuer noch einmal gewagt hätte, mit einem Sprung in der Kiste zu landen, wo ich doch immer noch zu klein war, um darüber zu gucken. Vor allem konnte ich ja nicht wissen, was da so drin wäre, und entsprechend wartete ich gerade so geduldig, wie es mir eben noch möglich war, direkt neben meinem Frauchen mal ab. Denn die kramte auch schon ganz eifrig, schob in der Kiste etwas hin und her – aber sie holte gar nichts heraus!

Stattdessen murmelte sie etwas vor sich hin, aber so leise, dass selbst ich es mit meinen guten Katerlauschern nicht verstehen konnte. Meine Enttäuschung darüber machte ich dann auch deutlich – mit einem mehrmaligen kräftigen »Miauuuu!«

Aber das schien Frauchen leider gar nicht zu beeindrucken. Stattdessen klappte sie dieses Ding von Kiste doch geradewegs wieder zu und nahm es noch dazu hoch auf den Arm! Was hatte die denn jetzt auf einmal vor?

Ich folgte ihr natürlich, als sie wieder nach oben ging und sich ins Wohnzimmer begab. Dort würde sie bestimmt die Kiste auspacken. Das konnte doch wohl gar nicht anders sein!

Aber denkste! Nein! Frauchen stellte das Ding im geschlossenen Zustand dort nur ab und machte Anstalten, den Raum sofort wieder zu verlassen!

Mir gefiel das natürlich gar nicht! Denn jetzt forderte sie mich auch noch unmissverständlich auf, ihr zu folgen! Ich sollte also gar keine Gelegenheit haben, mich mal so ein kleines bisschen selbst mit dem Öffnen des Kartons zu beschäftigen? Das war wirklich ein Katerjammer!

Mit einem enttäuschten »Miau-auuuu« taperte ich hinter Frauchen her. Da drehte Frauchen sich um, blickte lieb auf mich herunter und sagte: »Auch ein noch so neugieriger Mimi-Kater muss sich mal gedulden. Du wirst sehen, das macht die Sache erst richtig spannend!«

Mit diesen verheißungsvollen Worten ging sie schon wieder in den Keller und holte – noch einen Karton hoch!

Und danach noch einen!

Doch anstatt jetzt wenigstens einen einzigen von ihnen zu öffnen, ging Frauchen von neuem aus dem Zimmer, und ich – ich musste auch diesmal wieder mit!

Unser Weg führte jetzt aber nach oben. Zuerst stand da ja nur so ein gefüllter Eimer … Den kannte ich ja schon!

Frauchen hatte mich bis jetzt auch immer in weiser Voraussicht gebeten, Abstand zu halten zu diesem Ding! Dazu war jetzt aber diese Neugierde in mir viel, viel zu groß! Und schließlich war es Frauchen ja selbst gewesen, die diese meine Naseweisigkeit so gesteigert hatte mit den geschlossenen Kisten da unten, in die ich nicht mal einen einzigen Blick hatte werfen dürfen. Und da kam mir so eine Situation mit dem Eimer Wasser und dem mal wirklich gut abgelenkten Frauchen naturgegebenerweise gerade recht!

Denn mein Frauchen putzte dann dermaßen intensiv, dass sie gar nicht merkte, wie ich mich – erst ganz vorsichtig – an dieses Eimerchen herangeschlichen hatte. Ich guckte mir den Inhalt dann schön genau an, war aber unschlüssig, weil der so komisch roch und sich in dem Blasenwerk da drauf so viele Nasen von mir spiegelten. Da musste ich doch gleich mal nachhaken – sprich mit der Pfote eigene Erkundigungen anstellen!

Gedacht – getan! Ich merkte natürlich sofort, dass die Temperatur angenehm war, aber dass der Inhalt sich auch durchaus nass anfühlte, na ja, damit hatte ich irgendwie doch nicht wirklich gerechnet!

Igittigittigitt!

Ich zog mein tropfendes Pfötchen wieder heraus und zuckte ein paar Mal wild damit durch die Gegend, um dieses nasse Zeug wieder los zu werden. Dass besagter Eimer dabei etwas ins Schwanken geriet und einen Teil seines Inhalts verlor, das ergab sich dann halt so …

Das war auch nicht ganz nach meinem Sinn, und als Frauchen auf der Bildfläche erschien, war sie – das war ihrer Miene ganz deutlich anzusehen – vom Stand der Dinge ebenfalls nicht sonderlich begeistert. Wenigstens darin waren wir uns einig – nicht aber über meinen weiteren Aufenthaltsort! Ich wurde nämlich kurzerhand jeweils vor die geschlossene Tür gesetzt. Und ich hörte Frauchen dann drinnen werkeln, erst in den oberen Zimmern, dann in den unteren. Auf die Idee, dass ich auch etwas zu tun haben wollte, kam sie in ihrem Eifer erst wieder, als es in meinem kleinen Räumchen weiter ging!

Hier meinte *ich* dann nämlich, Hausrecht – sprich Katerrecht – zu haben! Und ich wollte ihr auch zeigen, dass ich hier meine Mitmachansprüche durchaus etwas höher einschätzte!

Die Gelegenheit dazu bot sich dann auch, denn – oh, wie fein! – *hier* blieb die Tür ausnahmsweise offen! Als der Wischmopp von mir, der ich draußen durch den Türspalt spähte, erblickt wurde, war dies dann auch das Startzeichen für mein selbst erdachtes Spielchen. Altbekannt, aber immer wieder gut: Wischmopp in Sichtweite – Pfoten blitzschnell in Spannung gebracht und – los: Fang das Teil!

Nach dem zweiten Versuch hatte ich das Ding, befand mich sozusagen im Nachsetzen schon oben drauf, und Frauchen schaute noch etwas verdutzt herunter und – lachte! Ja! Wirklich!

Na endlich! Das freute mich. Einerseits. Andererseits stellte ich in diesem Augenblick zugegebenermaßen zu meinem Verdruss fest, dass es sich diesmal nicht, wie sonst eigentlich immer, um ein *trockenes* Exemplar von Mopp handelte. Nicht nur der Boden, auch ich war jetzt von der Unterseite her ziemlich angenässt! Darüber also hatte Frauchen sich amüsiert!

Entsprechend war für mich jetzt also ebenfalls Putzen angesagt – allerdings in eigener Sache.

Aufgeräumt habe ich dann zwar nicht mehr weiter, so wie Frauchen. Aber etwas habe ich an diesem Abend dann doch noch entdeckt: Den

Kugelschreiber, den Frauchen seit dem letzten Weihnachtspostschreiben so gesucht hatte, den fand ich unter der Couch!

Und Frauchen freute sich so sehr darüber, dass sie mich sogar noch eine Weile damit spielen ließ! Aber als ich ihn – damit es interessanter für mich würde – wieder in Richtung Couch kicken wollte, da hatte sie mich doch rechtzeitig durchschaut, und fix war das tolle Ding wieder eingesammelt …

Apropos Couch: Nicht nur die eine, sondern auch noch die andere und der Sessel ebenfalls – sie alle wurden an diesem Abend noch gemeinsam mit Herrchen gerückt! Die bekamen zu meinem großen Erstaunen tatsächlich neue Plätze!

Also: Wir Kater wir sind ja Gewohnheitstiere, wie der Mensch sich angewöhnt hat zu behaupten. Herrchen und Frauchen handelten hier nun aber ganz *gegen* meinen Ordnungssinn! Es schien jetzt nämlich ziemlich vorbei zu sein mit den Ge-*wohn*-heiten im *Wohn*-Zimmer. Für den morgigen Tag sollte nämlich Platz geschaffen werden, erklärten mir Frauchen und Herrchen daraufhin einfühlsam.

Was sie aber *damit* wieder meinten und warum ich immer noch nicht in diese neuen, klasse riechenden Kisten reingucken durfte, das blieb mir momentan genauso schleierhaft wie die Gardine – *meine* Gardine –, die mir jetzt doch tatsächlich zugestellt wurde. Mit dem großen Sofa!

Aber: Hier musste ich wohl zeigen, dass ich noch jung und flexibel war! Und so prägte ich mir diese neue Ordnung so halbwegs und schnell noch ein …

Mit den ganzen Neuigkeiten anfreunden konnte ich mich aber erst so richtig, als Frauchen diese feine, bis zum Boden reichende Tischdecke auf den kleinen runden Tisch in der Zimmermitte legte. Dass Frauchen nicht ganz so einverstanden war, dass ich dann hier das Versteck-Spielen anfing, das störte mich anfangs denn auch gar nicht sooo sonderlich. Schließlich wollen auch Kater ihren Spaß!

Der dauerte bei mir in diesem Fall dann aber genau so lange, bis die Decke der Schwerkraft folgte und auf mir landete. Ich landete daraufhin dann auch – und zwar schon wieder – draußen vor der Tür.

Aber es wurde mir hinterher doch großzügig wieder verziehen; Frauchen und Herrchen kümmerten sich nach getaner Arbeit wirklich rührend um mich – will heißen: Ich bekam noch die besten Streicheleinheiten und eine großzügige Abendmahlzeit. Die beiden meinten dann nämlich auch, dass es für mich ja ganz schön anstrengend gewesen sein müsse, die vielen Veränderungen zu verkraften.

Ich ließ sie dann auch großzügig in diesem Glauben ...

Jetzt kommt der Tannenbaum

Heute, drei Tage vor dem großen Ereignis, war offenbar so ein Morgen, an dem Herrchen nicht so früh aus dem Haus musste. Aber dafür war er *im* Haus umso geschäftiger. Frauchen hatte wohl gewisse Wünsche geäußert, und Herrchen seinerseits besaß offenbar ebenfalls so seine Vorstellungen davon, was im Hinblick auf Weihnachten noch alles gemacht werden sollte. Jedenfalls war es für mich ganz schön spannend! Und so wollte ich natürlich auch überall mit hin, um nur ja nichts zu verpassen.

Inzwischen hatte Herrchen irgendeinen so genannten »Ständer« aus dem Keller geholt. Also, ich muss sagen: dieser Keller barg vermutlich noch so einige interessante Dinge für Weihnachten!

Wie recht ich damit hatte, erfuhr ich erst viel später. Fürs Erste hatte ich aber ohnehin genug Aufregung, denn ich wusste immer noch nicht, was in diesen drei Kisten da im Wohnzimmer wohl versteckt war, und vor allem drehten sich meine Gedanken weiterhin darum, wofür wohl so viel Platz nötig wäre, dass da gestern Abend alles umgestellt werden musste.

Als ich nämlich heute Morgen – aber nur unter strenger menschlicher Aufsicht – das Wohnzimmer von neuem betreten durfte, musste ich doch erst noch einmal ein wenig stutzen – und mir in aller Ruhe diese neue Ordnung in diesem Raum auch als Ordnung in mein Katerhirn einprägen. »Zu Weihnachten rücken die Menschen alle ein bisschen näher zusammen« – das hatte ich aus einem Gespräch zwischen Herrchen und Frauchen mal mitbekommen. Irgendwie schien das auch mit den Möbeln so zu sein …

Na ja, es war halt unverkennbar: Das Fest stand kurz bevor!

Ich für meinen Teil musste aus dem Wohnzimmer nun wieder heraus, und meine Beiden zogen ihre Jacken an und verabschiedeten sich ganz freundlich von mir. Nur so eben, in einem Nebensatz, wurde mir dann noch mitgeteilt, dass sie schon mal gespannt seien, wie ich wohl reagieren würde …

Da war ich richtig aufgebracht! Erzählten einfach irgendetwas und ließen mich dann hier! Meine Schnurrhaare zitterten, mein Schwanz schlug hin und her, und meine Nase fing vor lauter Spannung und Aufregung schon an zu jucken und zu zucken. Ich war wirklich in allerhöchster Bereitschaft – aber: wozu eigentlich?!

Mein Herz musste dann für meine Begriffe noch viel zu viele Male schlagen, ehe endlich das Auto – mochte ich das Ding auf einmal sogar ein bisschen? – da draußen vor unserem Haus zu hören war. Sie kamen zurück!

Aber – was war denn das?! Denn statt dass ich Herrchen und Frauchen, die ich jetzt doch so allersehnsüchtigst erwartet hatte, hier drinnen direkt an der Haustür gebührend katerlich in Empfang nehmen konnte, hörte ich zu meinem größten Bedauern, dass da draußen mühsam und mit viel Geächze etwas offensichtlich Großes genau an dieser meiner Haustür *vorbei*geschleift wurde! Ja, einfach vorbei! Und weiter auf dem Weg an der Seite unseres Hauses entlang! Und ich hörte, wie sie mit diesem Etwas anschließend angekommen waren – irgendwo da draußen, vermutlich auf der Terrasse.

Aber das konnte ich nur vermuten, denn hier drinnen war ja noch alles geschlossen und meine Sicht entsprechend eingeschränkt.

Das änderte sich dann allerdings schnell, als Frauchen und Herrchen wieder um das Haus zurück kamen und nun endlich, aber leider ohne das

»gewisse Etwas« mein – ich meine natürlich: *unser* – Haus betraten. Und dann war ich hin und her gerissen!

Zum einen war ich zwar durchaus enttäuscht, dass sie mich so umgangen hatten, und das im wahrsten Sinne des Wortes, zum anderen aber ... Hier roch doch etwas! Das war so würzig, so lebendig, so prickelnd-belebend!

Das kam doch von da unten!

Und ich strich mit dem allergrößten Vergnügen um Herrchens Schuhe herum, rieb meinen Kopf an ihnen, aber auch an der Hose, wo dieser Geruch am stärksten war; nur: Herrchen beachtete mich gar nicht! Fix schlüpfte er aus seinen Sachen und wandte sich, mein empörtes Maunzen ignorierend, einfach ab!

Frauchen, die genauso gut duftete, war schon im Wohnzimmer. Verwirrt tapste ich hinterher.

Aber ehe ich mich versah, war ich ein weiteres Mal *vor* der Wohnzimmertür gelandet! Man hatte mich nämlich tatsächlich so mir nichts, dir nichts wieder herausgetragen!

Entsprechend miaute ich dann auch aus Leibeskräften. Schließlich hatte sich eine Menge Energie in mir aufgestaut, und die wollte jetzt unbedingt irgendwohin!

Und dann hörte ich: es ging die Terrassentür da drinnen wieder zu und – nach schier endloser Zeit – die Wohnzimmertür für mich wieder auf! Und was ich dann sah, ließ mich vor Schreck erst mal erstarren.

Da stand nämlich ein echter, riesengroßer, wunderbar duftender Pieks-Kletterbaum direkt vor mir – hier in meinem Wohnzimmer!

Ich kniff die Augen zu. Und machte sie wieder auf. Der Baum stand immer noch da!

»Ist der schön! Gut, dass Du diesen Tannenbaum entdeckt hast! Und er passt auch so gut hier herein mit dem Ständer, genau bis fast unter die Decke. Toll!«, strahlte Frauchen. Und Herrchen, mit diesen Komplimenten überschüttet, strahlte ebenfalls.

Ich für meinen Teil hatte dann so langsam meine Fassung wieder gewonnen; nur: Mittelpunkt des Interesses von Frauchen und Herrchen und Mittelpunkt des Zimmers war jetzt dieser Tannenbaum! *Ich* strebte da vielleicht mal einen Wechsel an!

Ich spürte förmlich die Blicke von Frauchen und Herrchen in meinem Nackenfell, als ich auf den Baum zustapfte, und mir war auch bewusst, dass sie genau sahen, wie sich die Härchen zwischen meinen Ohren abermals aufstellten. Ich war bis auf zwei Schritte vor dem Ungetüm angelangt, da guckte ich Herrchen und Frauchen noch einmal etwas schief von der Seite an und – verschwand!

Ich konnte einfach nicht anders! Abtauchen, eintauchen in den Baum, in den Wohlgeruch, unter das Grünzeug, den Stamm untersuchen, die Festigkeit der Äste prüfen, ob sie meinen Klettergelüsten standhielten – mich versenken in die dichtesten Zweige, mich dabei so ein bisschen pieken lassen – ach, es war einfach herrlich! Wie geschaffen für mich, den Mimi-Kater!

Es war – was soll ich sagen? – einfach weihnachtlich! Die Erfüllung schon fast aller meiner Wünsche!

Warum hatte mir das keiner gesagt, dass ich einen *echten* Kletterbaum bekomme? Gerade noch im Wald und jetzt schon – für mich! – hier in diesem Wohnzimmer!

Und nicht nur ich fand es einfach wunderbar. Nein, auch von Frauchen und Herrchen hörte ich so zwischendurch, wenn ich nicht völlig abgelenkt war, ein klasse Begeisterungsmiauen – will sagen: Rufen – zu meinem Tun. Jetzt zum Beispiel guckte ich kurz mal aus dem Grünen heraus, mit so einer Mischung von Abenteuerlust und Dankbarkeit im Katerblick, wie Frauchen prustend vor Lachen feststellte. So guckte ich und verschwand auch schon wieder im Dickicht ...

Aber irgendwann sollte irgendeine Aktion von Herrchen und Frauchen noch weitergehen, denn sie riefen mich. Ich war natürlich gar nicht gewillt, meinen Spielplatz jetzt zu verlassen; schließlich hatte ich mich gerade erst ein klein wenig mit ihm vertraut gemacht! Aber irgendwann war das Rufen von Frauchen und Herrchen ganz unmissverständlich, und ich sollte mich in mein Schicksal fügen.

Ich stellte mich natürlich noch ein bisschen taub, probierte ein paar akrobatische Kunststückchen und geriet noch einmal richtig in Fahrt, als Frauchen jetzt um den Baum herumlief und Fang-mich mit mir spielte. Immer, wenn ihre Hand im Nadeldickicht erschien, tauchte ich rechtzeitig ab, und wäre es nach mir gegangen, hätte das Spielchen noch lange kein Ende gefunden.

Aber dann – auch ein Kater macht mal Fehler – verschätzte ich mich mit einem Zweig, der dann doch nicht fest genug war, und in dieser Situation fing Frauchen mich im wahrsten Sinne des Wortes auf – will heißen: Ich fand mich in der Hand von Frauchen wieder.

Wir guckten uns beide an. Und Frauchen wollte mir wohl gerade mit ihrem etwas strengeren Gesicht etwas mitteilen, als sie unvermittelt laut loslachte.

Ich sähe ja prächtig aus! (Wusste ich doch! Was sollte denn das jetzt heißen?) Und wie ich riechen würde – herrlich!, rief sie begeistert. (Aber eigentlich wusste sie auch das, schließlich hatte sie oft genug ihre Nase in mein Fell gesteckt ...)

Irgendetwas schien an mir jetzt aber doch anders zu sein, so, wie Frauchen mich, immer noch kichernd, bestaunte.

»Mimi, du siehst ja klasse aus! Guck mal«, und jetzt schaute sie Herrchen ganz versonnen an und dann wieder mich, »guck mal, wie dieses

Katertier jetzt aussieht! Wie gestylt! Schick gemacht für Weihnachten! Das steht dir aber auch so etwas von gut!«

Sprach's und konnte den Blick gar nicht mehr abwenden von mir. Ich kam mir schon ganz beguckt vor!

Und dann merkte ich es auch: Da oben – meine Abenteuerhaarpracht, die legte sich irgendwie gar nicht wieder an! Die blieb da oben auf meinem Kopf mitten zwischen den Ohren einfach aufgerichtet stehen! Und wie ich roch! Ganz stark nach Wald! Ich fand das zwar schon ganz angenehm – aber irgendwie doch auch etwas merkwürdig.

Und dann lieferte mir mein Frauchen die Erklärung: Dass ich mir mit Tannenbaumharz mein wertes Köpfchen etwas dekoriert und die Haarpracht in bleibende Form gebracht hätte, teilte sie mir, schon wieder kichernd, mit. Und, an Herrchen gewandt: »Sieht er nicht niedlich aus? Mit Tannenbaumharz zurecht gemacht – Mimi, unser *Weihnachtskater*.«

Herrchen gab zu bedenken, dass das »Zeug« herausgewaschen werden müsse, bevor es ganz festtrockne.

Ich wurde starr vor Schreck – nicht schon *wieder!* – und konnte mein Glück kaum fassen, als Frauchen protestierte!

Dass es mir, nach Tannenharz statt nach Seife duftend, so richtig gut ging, so als »Mimi, der Weihnachtskater«, wie ich für den Rest der Adventszeit fortan auch von Herrchen genannt wurde, brauche ich hier wohl nicht weiter zu erwähnen …

Und ich fand es auch eine klasse Sache, dass in den Baum noch so allerlei Spielzeug für mich versteckt wurde, sogar kleine Glöckchen, die man prima mit der Pfote anstupsen konnte, um sie zum Wackeln und Klingeln zu bringen!

An diesem Tag wurde auch noch ein Geheimnis gelüftet, denn in den Kisten, die mich so riesig neugierig gemacht hatten, waren diese ganzen Spielzeuge – *Baumschmuck*, wie sie Herrchen und Frauchen nannten. Und es gab sogar noch so eine Kette, wie sie damals der Nachbar im Baum draußen versteckt hatte, die bekam ich ebenfalls in meinen Weihnachtsbaum!

Ich konnte mir direkt schon vorstellen, wie die leuchten würde …

Aber darauf musste ich doch noch warten! Denn schließlich war immer noch Advent – Wartezeit! Damit die Freude auf Weihnachten noch größer würde!

Na ja, und im Baum toben durfte ich dann auch nicht mehr – weil sonst zu viel herunterfiele, wie Herrchen und Frauchen bedauerlicherweise meinten.

Aber das fand ich fast nicht weiter tragisch für heute.

Advent, wir stellen die Krippe auf!

Es war so weit: Die vierte Kerze brannte heute, an diesem wunderschönen Morgen, in der Mitte von dem ebenfalls wunderschön gedeckten Frühstückstisch.

Aber offenbar war es immer noch nicht richtig so weit.

Nach dem Frühstück ließ mich Frauchen großzügig hinter sich her gehen, hinunter in den großen Keller. Da geschah dann eben das, was ich ja katerschnurrhaargenau schon kombiniert hatte:

Es gab noch eine weitere Kiste hier unten mit Weihnachtssachen! Und sogar noch eine! Die blieben aber so lange zu, bis sie – natürlich von mir genauestens beobachtet – im Wohnzimmer angekommen waren.

Hier glänzte und stand wirklich alles einmalig schön! Die leeren Kisten von gestern waren wieder weg, die vollen neuen hier gerade angekommen, und mich zog natürlich der Tannenbaum wieder ganz in seinen Bann.

Entsprechend verschwand ich dann auch schön im Geäst – zumindest im Bodenbereich! Der Zugang zu den oberen, dichter geschmückten Regionen wurde mir dann augenblicklich verboten. Auch wenn es schwer fiel, ich hielt mich daran – bis auf die wenigen Ausnahmen, in denen Herrchen und Frauchen unaufmerksam waren und nicht mitbekamen, wie ich still und heimlich die höher gelegenen Ebenen im Tannenbaum erklomm. »Still und heimlich« schaffte ich es allerdings nicht allzu lange, weil natürlich jedes Mal die verräterischen Glöckchen losbimmelten und Frauchen und Herrchen auf den Plan riefen, die mich dann in schöner Regelmäßigkeit wieder ans Tageslicht beförderten. Das machte auf die Dauer aber weniger Spaß.

Nun blieb ich also folgsam unten und beobachtete, wie Frauchen die erste Kiste öffnete. Sie hatte den Deckel noch nicht ganz weit aufstehen, als ich auch schon zur Stelle war, um mir ein Bild vom Inhalt zu machen. Das war jetzt wichtiger als der Tannenbaum!

Aber was ich dann sah, das versetzte mich in ziemlich ungläubiges Staunen: ein Häuschen war da drin! Und das hatte auch noch genau die richtige Größe, damit ein Kater wie ich genügend Platz hätte!

War das aber lieb gemeint!

Mein Herz schmolz fast vor Rührung, und meine Schnurrhaarspitzen traten wieder in Wettstreit mit dem Wippen meines Schwanzes … Ich konnte es wirklich kaum fassen! Erst stellten sie einen echten Tannenbaum hier ins Wohnzimmer und jetzt noch eine Hütte für mich dazu!

Frauchen hatte sie inzwischen auf den Boden gestellt und suchte irgendetwas unter dem Tannenbaum. Für mich war das die ideale Gelegenheit, schon einmal auf Probe zu wohnen.

Gedacht, getan – schon lag ich in meinem extra Hüttchen. Ein bisschen unbequem war es zwar noch, aber Frauchen würde das – so wie ich sie kannte – schon von meinen bittenden Kateraugen ablesen und bestimmt für ein superweiches Mimi-Weihnachtskater-Polsterchen sorgen.

Frauchen war dann auch irgendwann mit dem Gucken bei dem Baum fertig und wandte sich um:

»Komm mal ganz schnell!« Damit war Herrchen gemeint. Etwas hörbar sehr Dringliches in Frauchens Stimme rief ihn dann auch wirklich ganz schnell auf die Bildfläche.

»Passt prima«, war Herrchens schlichter Kommentar, als er die Situation überblickte.

Dann lachten beide los. Und *wie* sie lachten!

Sodann wurde auch ich rundum aufgeklärt. Das sei doch gar nicht mein Hüttchen, sondern sollte der Krippenstall für die Heilige Familie sein!

Etwas verlegen trollte ich mich. Das erkennt selbst ein Kater, dass er hier angesichts der Weihnachtlichkeit Größerem den Vortritt lässt!

So schaute ich jetzt höchst interessiert zu, wie da aus der zweiten Kiste jede Menge interessanter Figuren zum Vorschein kamen … und eine wunderbare Strohunterlage, mit der Herrchen jetzt den Krippenboden auslegte. Da half ich selbstredend mit, die noch ein bisschen zurechtzuzupfen, Herrchens warnenden Blicken zum Trotz.

Und schließlich standen sie da – Maria und Josef, wie Herrchen mir erklärte, immer noch mit warnendem Blick, weil ich meine Nase zwischen das Paar steckte.

Und dann kamen wir! Ja, wir! Die Tiere!

Da waren nämlich Schafe – große und kleinere! Die kippten aber auch schon fast um, wenn ich sie mal ein bisschen genauer ansehen wollte. So, wie Herrchen jetzt dreinblickte, ging ich lieber mal einen Schritt zurück. Nun kamen auch ein Esel – wie ich ihn im Buch gesehen hatte – und eine Kuh.

Nein, ein Ochse sollte das sein, wie ich von Frauchen erfuhr, die sich beim Aufstellen der ganzen Sache nochmals tief unter den Tannenbaum bückte und alles noch einmal zurechtrückte.

Dann kam so ein Hirtenmann für die ganze Schafeschar – der wurde auch noch hinzugestellt. Und damit schien die Sache fertig zu sein.

So sah es jedenfalls aus, als Frauchen sich jetzt aufrichtete und alles noch einmal mit einem zufriedenen Blick betrachtete.

Ich als Kater hatte daran dann aber meine erheblichen Zweifel! Schließlich war die Hauptsache – die Krippe – ja noch leer, und einen Vertreter meiner Art, den ich doch zu gerne mal in Figurenform kennen gelernt hätte, der fehlte da auch noch!

Da konnte also meiner Katermeinung nach noch lange nicht alles fertig sein!

Doch das war scheinbar nur *meine* Meinung. Frauchen jedenfalls schnappte sich die Kiste, nahm noch irgendeine Kleinigkeit heraus, die sie oben auf dem Schrank ablegte, und verließ dann einfach das Wohnzimmer!

Ich muss ihr wohl ziemlich verdutzt nachgesehen haben. Jedenfalls guckte mich Herrchen ganz mitleidig an und meinte, dass das wohl alles etwas zu viel des Neuen für einen Kater wie mich sei … Das könne er wohl verstehen!

Dass selbst die liebsten Menschen uns Tiere manchmal aber doch ganz schön falsch verstehen, ist hiermit sonnenklar bewiesen!

Schließlich war mir hier nicht etwas zu *viel* geworden, sondern es kam mir hier etwas zu *wenig* vor!

Aber dann hatte ich die Idee. Schließlich war ich ja nicht umsonst selbst ein Kater! Also setzte ich mich kurz entschlossen einfach dazu. Als lebende Figur sozusagen!

Es war ein feierlicher Augenblick. Ich, Mimi der Weihnachtskater, als alleiniger Vertreter seiner Art, wartete hier auf das Jesuskind, das noch geboren werden würde, und war einfach nur stolz! So stolz, dass ich genau spürte, wie oben zwischen meinen Ohren die Härchen, die vom Harz-Festiger noch nicht ganz miterfasst waren, sich ebenfalls aufstellten.

Zufrieden mit mir, rollte ich die Pfoten und warf dabei versehentlich noch zwei Schäfchen um. Na ja, schliefen sie halt – genau wie der Ochse, der auf der Seite von Josef lag. Aber ansonsten war es perfekt!

Genauso müssen es Herrchen und Frauchen empfunden haben, als sie wieder ins Wohnzimmer kamen. Herrchen machte zwar erst ein Geräusch, das nach Minischreck klang, aber dann blickte er zu Frauchen, die ganz gerührt schaute, und seine Miene wurde auch ganz weich.

Da konnte Weihnachten ja kommen!

Oh, du schöne Geschenkezeit

Endlich – morgen sollte das Fest beginnen! Und ich fühlte mich bestens vorbereitet. Schließlich hatte ich nicht umsonst meinen Namenszusatz »Weihnachtskater« bekommen, den ich nun mit der mir ohnehin schon eigenen Katerwürde trug. Mit der verbleibenden Wartezeit wäre ich auch durchaus einverstanden gewesen, wenn ich momentan nicht so wenig Abwechslung gehabt hätte.

Normalerweise ging Herrchen nämlich um diese Zeit schon längst aus dem Haus, und ich war schon längst versorgt. An diesem Morgen aber rührte sich erst jetzt ganz langsam was da oben im Schlafbereich von Herrchen und Frauchen. Das konnte doch nur bedeuten, dass Herrchen heute wieder zu Hause blieb!

Ja, was war denn eigentlich los? War nicht gerade erst Wochenende gewesen!?

Aber kurz nach dem Füttern erfuhr ich dann, dass Herrchen jetzt schon »Weihnachtsurlaub« hatte! Eigentlich war das ja dann Adventsurlaub!, dachte ich mir, und erst in zwei Tagen Weihnachtsurlaub. Mir kam das so richtiger vor!

Aber, wie auch immer, Herrchen war ab jetzt hier zu Hause; und Frauchen auch, und ich hatte sie beide für mich!

Meine Begeisterung darüber hielt aber nicht lange an, denn irgendwie verhielten sie sich merkwürdig. Es fing damit an, dass Frauchen zu Herrchen sagte, sie wolle jetzt in dem einen Zimmer gern mal ungestört sein. Und später dann in dem anderen! Herrchen durfte immer genau da nicht hinein, wo *sie* gerade war!

Ich durfte leider ebenfalls nicht mit. Aber das kannte ich ja schon! Dass allerdings auch Herrchen irgendwo Zutrittsverbot hatte – *das* war mir neu! Und Frauchens Stimme klang genauso strikt und entschieden, wie wenn sie *mich* vor die Tür schickte!

Herrchen schien das aber komischerweise gar nichts auszumachen. Im Gegenteil: der fühlte sich offenbar auch noch richtig wohl in seiner Haut! Das merkte ich daran, dass er vor sich hinzusummen begann, und das – da kannte ich Herrchen genau – tat er nur, wenn er mit sich und der Welt rundum zufrieden war.

Ich war komplett sprachlos, will heißen: ich konnte vor Staunen nicht einmal miauen!

Stattdessen folgte ich nun ihm. Aber auch Herrchen wollte mich nicht dabei haben! Jedenfalls wurde ich aufgefordert, draußen vor der Tür zu bleiben, als er in den Keller ging und dort in dem großen und später in dem kleinen Raum kramte. Ich konnte das von draußen unter der Tür her genau hören! Und bei Frauchen klangen die Geräusche, die da unter der Tür von dem Raum, in dem sie gerade war, hervorkamen, ganz ähnlich. Mir kam es so vor, als ob da ein ganz feines Papierchen knisterte, wie wenn Frauchen diese Papiertüten von den Broten zusammendrehte, um so ein prima Spielzeug für mich daraus zu machen. Die hatten doch wohl nicht alle beide vor …

Plötzlich fiel es mir wie Schuppen von den Augen: diese Zeit war doch die Zeit der Geschenke! Ja! Prima!

Aber wieso wurde ich draußen gelassen? Obwohl ich miaute, wurde ich – lieb, aber bestimmt – immer wieder gebeten, brav draußen vor der Tür zu bleiben …

Ich fügte mich, war ganz leise und ganz lieb und brav und blieb tatsächlich hier draußen einfach so sitzen, meine Ohren fein gespitzt und auf den Türschlitz da unten ausgerichtet, um nur ja nichts von dort drin-

nen zu verpassen. Und ich muss sagen: obwohl ich nun draußen vor den
Türen saß, hatte ich jetzt genauso wie
Herrchen – und Frauchen wohl auch –
die allerbeste Stimmung! Weihnachts-
stimmung eben!

Als Frauchen die Tür endlich
öffnete und wieder herauskam, startete
ich auch gar keinen Versuch, irgendwie zwischen ihren Beinen hindurch
doch noch mal in den Raum zu
schlüpfen. Und das erstaunte dann
sogar Frauchen!

Auch Herrchen schien inzwischen
fertig geworden zu sein. Er kam
nämlich gerade die Treppe hinauf, als
Frauchen und ich die Treppe hinunter-
kamen, so dass wir uns alle gemein-
sam auf dem Flur trafen. Hier teilte uns Herrchen mit, dass er außer Haus
noch etwas zu erledigen habe, und zwinkerte Frauchen dabei zu. Jetzt
flüsterte er ihr sogar noch etwas ins Ohr – aber für *meine* Öhrchen nicht
leise genug, denn ich hörte ganz deutlich meinen Namen: »*Mimi* ...«

Jetzt war es aber genug mit der Geheimniskrämerei! Meine Schwanzspitze begann von neuem zu zucken, und ich maunzte.

Herrchen und Frauchen lachten. »Ja«, meinten sie, »für dich muss dieses erste Weihnachtsfest in deinem Katerleben ja etwas ganz Besonderes
sein ...« Und damit hatten sie völlig recht.

Als Herrchen dann zurückkehrte, hatte er wieder diesen geheimnis-
vollen Blick, den ich katergenau erkennen konnte! Frauchen sah das wohl
nicht so, jedenfalls hatte sie garantiert nicht mitbekommen, was *ich* entdeckt hatte: Herrchen holte nämlich genau in dem Augenblick, als Frauchen wieder in der Küche verschwunden war, etwas aus seiner Jackentasche, das eindeutig in Geschenkpapier gewickelt war. Und er hielt es mir

auch noch vor die Nase! Allerdings nur, um es anschließend wieder wegzuziehen und erneut in seiner Jackentasche verschwinden zu lassen.

Vergeblich hatte ich noch mit der Pfote danach gehangelt und dabei das Päckchen schon beinahe geöffnet. Herrchen guckte dann auch streng.

Aber er war mir nicht allzu lange böse. Denn im nächsten Augenblick summte er schon wieder, während er sich die Schuhe auszog, und lächelte zu mir herunter, als ich meinen Kopf an seinem rechten Socken rieb …

Endlich: mein erstes Weihnachtsfest!

Heute hatte das Warten ein Ende! Vorerst jedoch gab es noch jede Menge Geschäftigkeit in diesem Haus, und auch ich konnte mich ihr nicht entziehen. Frauchen sorgte emsig für ein schönes Essen, das heute Abend ganz besonders sein sollte, und Herrchen war doch tatsächlich noch mal aus dem Haus gegangen, um etwas einzukaufen. Er hatte es erst ungeheuer eilig – und kam dann lange, lange nicht wieder.

Und auch ich musste mich beeilen, damit ich Frauchen auf Schritt und Tritt folgen konnte, so schnell wechselte sie die Zimmer. Einmal räumte sie hier schnell irgendetwas zur Seite, dann nahm sie dort ein Teil mit, um es woanders wieder aufzustellen. Und dann warf sie noch ein paar kritische Blicke in den nächsten Raum, brachte noch etwas in den anderen oder steckte zwischendurch ein paar Sachen in die Waschmaschine. Und das hieß für mich: hinterher!

Frauchen ließ mich gewähren. Aber kaum war ich in dem einen Raum angekommen und hatte meine Katernase nach guter Gewohnheit irgendwo hineingesteckt, musste ich das Zimmer auch schon wieder verlassen, so schnell ging das! Und das alles, weil Frauchen so geschäftig war, mich aber auch nicht unbeaufsichtigt lassen wollte. Nicht einmal protestierendes Miauen konnte gegen diese dauernden Ortswechsel hier nutzen, das hatte ich schnell begriffen. Dafür war Frauchen auch viel zu fix wieder woanders hin verschwunden! Und an größere Aktionen zu denken, geschweige denn, sie in Taten zu verwandeln, wie zum Beispiel zu üben, den Tannenbaum zu erklimmen, *ohne* dass dabei die Glöckchen klingelten – dafür gab es bei diesem Tempo, selbst für einen kreativen Kater wie mich, tatsächlich nicht die geringste Chance.

Aber so ganz allmählich verwandelte sich bei allem Hin und Her unsere Küche fast wie von selbst in einen Raum mit lauter kulinarischen Köstlichkeiten! Größere Gelegenheiten zum Vorkosten wollten sich aber unter diesen Bedingungen für mich noch nicht ergeben. Ich hätte da ja nur zu gern mein abwesendes Herrchen ersetzt! Ich kann Frauchen in diesem Fall wohl nur damit entschuldigen, dass sie ihre Aufmerksamkeit so vielen Dingen widmen musste, dass sie meinen bittenden Katerblick in diesem Fall wirklich einfach schlicht übersehen haben muss …

Irgendwie verwandelte sich bei dieser großen Betriebsamkeit der Morgen dann in den Mittag. Zwischendurch gab es noch einige Anrufe. Die waren für mich eigentlich immer willkommener Anlass, so mancherlei Schabernack zu treiben, denn Frauchen und Herrchen waren dann nur eingeschränkt in der Lage, meine vom Klingelton geweckte Abenteuerlust zu stoppen, weil das zeitgleich mit dem Telefonieren offenbar nicht ganz so einfach war. Und so nutzte ich diese Situationen normalerweise schön zu meinem Vorteil.

Heute aber war ich so auf Weihnachten eingestellt, dass ich sogar bereit war, darauf zu verzichteten. Jawohl!

Und so bekam ich zum Glück noch mit, wie Frauchen gerade mit irgendjemandem besprach, dass er heute Abend herzlich erwartet werde!

Oh, Besuch! Ich war begeistert! Und ich reckte und streckte mich erst noch einmal genüsslich und zog es vor, nach dem folgenden Mittagsmahl ein kleines Schläfchen zu genießen. Schließlich wollte ich heute Abend im Vollbesitz meiner katerlichen Kräfte sein!

Als ich aufwachte, war Frauchen gerade dabei, draußen die Vögel zu füttern, wie ich – aus dem warmen Wohnhimmer heraus – beobachten konnte. Allerdings verspürte ich trotz der Kälte, die dann zusammen mit

Frauchen hier wieder hereinkam, Lust, mich irgendwann mal wieder auf den Weg nach da draußen zu machen …

Jetzt aber gingen wir erst einmal gemeinsam in die Küche, wo ich mein Herrchen ausgiebig begrüßte, denn er war inzwischen auch wieder heimgekehrt.

Die Wohnzimmertür war geschlossen. Ich hatte aber sehr wohl mitbekommen, dass sowohl Frauchen als auch Herrchen kurz vorher noch einmal – jeder für sich allein – in diesem Raum gewesen waren; und ich konnte es fast riechen, dass es hier wieder um etwas Geheimnisvolles ging!

Also wartete ich ganz gespannt auf das, was nun käme – das Fest!

Dementsprechend war ich dann auch der Erste, der hörte, dass sich nun da draußen etwas tat. Es kam nämlich ein Auto vorgefahren! Und herein spazierte dann etwas später ein junger Mann, herzlich begrüßt von Herrchen und Frauchen und auch von mir.

Und dann fing Weihnachten so langsam an, mit Frauchens ganz besonderem Abendessen! Und obwohl es noch nicht so spät war, bekam ich meine erste Abendmahlzeit fast zeitgleich serviert und hinterher noch meine neuen Lieblingsdropse!

Aber danach war es dann endlich *wirklich* so weit! Herrchen hatte irgendeine große Aufgabe, die er noch einmal allein meistern musste. Dazu ging er kurz hinaus, um dann glücksfreudestrahlend zu verkünden, dass wir beginnen könnten!

Und dann machten wir uns alle miteinander – ich mitten dazwischen – auf den Weg ins Wohnzimmer!

Die Tür ging auf – und ich einen Schritt zurück! Fast auf die Füße von Frauchen, die als Letzte ging!

Frauchen nahm mich auf den Arm, drückte mich sanft an sich und setzte sich mit mir auf das kleine Sofa.

Ich habe noch nie vorher sooo ein tolles Strahlen erlebt! Ein Strahlen, das mich zuerst – ich gebe es ja zu – fast erschreckt hatte, so verwandelt war der Tannenbaum, so wunderbar und einzigartig schön! Wie jetzt alles funkelte und das Halbdunkel erhellte!

Und schon hatte ich noch etwas entdeckt: Auf dem Tisch hier vor mir stand ein gigantischer, herrlich duftender Plätzchenteller, gar nicht weit von meiner Nase entfernt! Und überall lagen, in schimmerndes Geschenkpapier gewickelt, kleine und größere Päckchen herum.

Ich schnupperte hingerissen … Frauchen hatte meine Absicht aber leider nur allzu rechtzeitig durchschaut, denn sie rückte mich sanft, aber bestimmt, wieder in meine Abwarteposition auf ihrem Schoß zurecht.

Ich maunzte – aber nur ganz leise. Denn Herrchen hatte jetzt ein Buch in die Hände genommen, und weil alle still wurden, spitzte auch ich die Öhrchen und lauschte. Es war die Geschichte von Josef und Maria und dem Jesuskind, die Herrchen da vorlas, und natürlich von den Tieren: den Schafen, dem Ochsen und dem Esel – aber ein Kater kam nicht darin vor, was mich etwas wunderte.

Anschließend stand Frauchen, mit mir zusammen auf dem Arm, auf – und holte etwas Kleines, Eingewickeltes vom Schrank. Ich miaute erwartungsvoll. Nur: Frauchen gab das Eingewickelte unserem Gast, dem jungen Mann! Sie hatte dann aber nichts dagegen, dass ich mit meiner rechten Vorderpfote auch so ein bisschen Unterstützung beim Auswickeln lieferte…

Zum Vorschein kam so die Figur vom Jesus-Kind, das dann endlich in die leere Krippe im Stall unter dem Tannenbaum gelegt wurde; und ganz selbstverständlich setzte ich mich jetzt dazu.

Nun fehlte sozusagen nichts mehr! Denn ich als lebendiger Katzen-Vertreter war unbestritten schöner als jede bunt bemalte Katzenfigur.

Dass Frauchen und Herrchen dann mit dem Besucher noch anfingen zu singen, war in meinen Ohren zwar nicht mehr ganz so wünschenswert, dauerte zum Glück aber auch nicht sehr lange. Die Belohnung für mich folgte dann auch sozusagen gleich auf der Pfote. Herrchen beugte sich zum Tannenbaum hinunter, zog etwas darunter hervor und kam zu mir, der ich noch immer andächtig auf meinem Platz neben der Krippe saß.

Und siehe da – da kam doch genau *das* Geschenk zum Vorschein, mit dem er mich am Mittag noch geneckt hatte!

Herrchen blinzelte mir zu. Ich blinzelte natürlich zurück. Ich wusste Bescheid!

Das Geschenk war aber nicht für mich, sondern für Frauchen. Ich spürte, wie meine Schwanzspitze sich etwas bewegte!

Aus den Tiefen unter dem Tannenbaum kamen nun allerdings noch weitere Geschenke, und auf dem Tisch mit den Plätzchen hatte ich vorhin ebenfalls welche entdeckt! Noch ein Geschenk für den Gast – jetzt war es aber genug! Und dann war endlich, endlich auch für mich ein Päckchen dabei, das Herrchen mir vor meine Pfoten legte. Und so, wie *ich* eben geholfen hatte, so half mir nun auch Herrchen bei meinem Auspacken.

Was dann zum Vorschein kam, ließ allerdings mein Katerherz höher schlagen:

Das war nämlich so ein neues Katergeschirr – will heißen: ein Katzengeschirr mit *langer* Leine! Weil ich doch so gewachsen und das andere schon etwas eng geworden sei, erklärten mir Frauchen und Herrchen dazu.

Und die Leine war wirklich riesig lang! Daran könnte ich die höchsten Luftsprünge machen, genau wie mein Katerherz es jetzt tat, als Frauchen meinte: »Und irgendwann brauchen wir vielleicht keine Leine mehr – was, mein kleiner Mimi?«

Das begeisterte »Miauuu!«, das Herrchen und Frauchen nun von *mir* geschenkt bekamen, hieß dann einfach nur: »Danke! Und frohe Weihnachten!«

Und auch für alle:

FROHE WEIHNACHTEN!

Das wünscht euch euer Mimi!